Carlos Eduardo Novaes

A INVENÇÃO DOS ESPORTES

Crônicas olímpicas

Ilustrações: Pablo Mayer

Atualizado após as Olimpíadas Rio–2016

1ª edição

São Paulo, 2014

SUMÁRIO

Bloco de partida, **6**

Quem inventou o esporte?, **9**

Basquete, um jogo por encomenda, **12**

Golfe, o esporte fino, **15**

Ciclismo, a roda nas Olimpíadas, **19**

Handebol, o avesso do futebol, **22**

Judô, mais que uma luta, **25**

Remo, uma antiga paixão, **29**

Ginástica olímpica, arte & esporte, **32**

Natação, o nado é livre, **36**

Tênis, o jogo dos reis, **40**

Tae kwon do, o chute filosófico, **44**

Do *volley ball* ao voleibol, **48**

Tiro com arco, o esporte da flecha, **54**

Boxe, a violência permitida, **57**

Badminton, o esporte da peteca, **61**

Canoagem, o esporte das corredeiras, **64**

Hóquei, um jogo em três versões, **67**

Esgrima, das batalhas ao esporte, **71**

Nado sincronizado, a arte na piscina, **75**

As lutas que dão medalhas, **78**

Hipismo, comunhão entre o homem e o cavalo, **81**

Atletismo, o esporte-mãe, **85**

Salto com vara, curta!, **89**

Rúgbi, o "irmão" do futebol, **92**

Tênis ping de mesa pong, **97**

Pentatlo, um ouro para cinco esportes, **101**

Levantamento de... Ufa!... peso, **105**

Polo aquático, água para todo lado, **108**

Tiro e queda, **112**

Os ornamentos dos saltos, **115**

Triatlo, resistir é preciso, **118**

Vela, o esporte que veio dos mares, **122**

Maratona, a prova maior, **125**

A invenção do futebol, **128**

Futebol olímpico, público nem tanto, **138**

Linha de chegada, **142**

O autor, **148**

Bibliografia, **150**

Sugestões de leitura, **151**

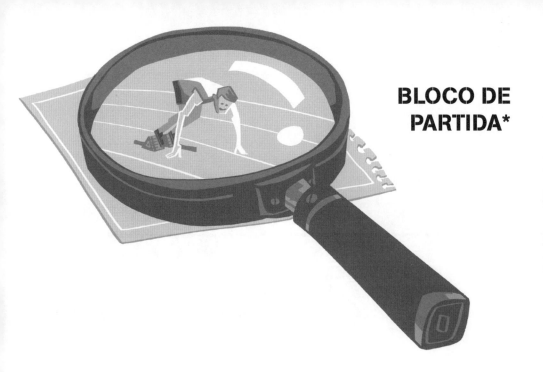

BLOCO DE PARTIDA*

Buscar a origem dos esportes não é uma tarefa simples. Comparo-a a um exercício tão exaustivo quanto correr uma maratona e — pior — sem certeza dos caminhos da prova. Você abre vários livros, blogues e *sites*, dá a largada em uma pesquisa gigantesca e de repente para, sem saber por onde seguir diante de tantos dados conflitantes nessa floresta Amazônica de informações.

Um *site* afirma que o jogo do qual se originou o voleibol chamava-se *mintonette*, outros declaram que era *minnonete*, diferença mínima, mas fundamental para a informação correta. No remo, ao procurar o antigo nome da lagoa Rodrigo de Freitas, no Rio de Janeiro, encontrei *Sapopenipã* e *Sacopenapã*, o que me obrigou a novas consultas para chegar a uma conclusão. Na prova de maratona, os *sites* são unânimes em informar os quilômetros (42), mas os "quebrados" variavam: 125, 197 ou 195 metros, esta a distância real. Isso sem falar nas contradições entre datas, locais e grafia de nomes de personalidades estrangeiras. Enfim, caminhei sobre um campo minado.

O esclarecimento anterior é mais do que necessário porque certamente um leitor mais cuidadoso vai dar de cara com alguma informação que não corresponde à expressa nesta obra. Antes de praguejar, consulte novas fontes como fiz, correndo de um *site* para outro, desesperado feito cego em tiroteio. Nem sempre tal correria me levou ao inventor do esporte procurado. Você perguntará: "E por que não?". Porque em boa parte das modalidades esportivas seus criadores foram anônimos ancestrais.

Tanto no voleibol como no basquete (criado sob encomenda) há um inventor declarado e identificado, com nome, sobrenome, profissão e residência fixa. Mas o que dizer, por exemplo, do remo ou da canoagem? Quem transformou em esporte esses meios de transporte que vêm da aurora da civilização? Há suposições quanto à época, ao povo e ao início das competições esportivas, mas o nome do cara que empunhou um remo pela primeira vez e desafiou seus contemporâneos a uma regata naufragou nas águas da História.

* Bloco de partida é a peça em que o atleta coloca os pés na largada das corridas de velocidade (100, 200 e 400 metros).

Posso declarar que corri inúmeras maratonas para confirmar a trajetória de esportes presentes no programa das Olimpíadas do Rio. São 29 esportes distribuídos em 42 modalidades considerando-se que alguns deles comportam mais de uma modalidade: canoagem, luta olímpica e voleibol, duas modalidades cada; ginástica, três; ciclismo, quatro; e esportes aquáticos, cinco (natação, polo aquático, nado sincronizado, maratona aquática e saltos or-namentais). Nos capítulos dedicados ao futebol, há um texto sobre sua invenção e evolução e outro dedicado apenas ao futebol nas Olimpíadas.

Ao optar pela crônica, gênero livre e pessoal, pretendi ir além da informação pura e simples (às vezes maçante). Ao lado dos dados históricos criei fantasias, fiz humor, brinquei com certas situações — a chegada da bola de futebol ao Brasil é uma delas — e me coloquei em outras, relembrando minhas "proezas" em alguns esportes, com o propósito de tornar a leitura mais leve e saborosa. Se tal objetivo foi alcançado, podem me carregar para o alto do pódio.

Eu mereço.

Carlos Eduardo Novaes

QUEM INVENTOU O ESPORTE?

Lembro como se fosse anteontem: o professor De Mattos, mestre em Educação Física do Colégio Zaccaria, na minha adolescência, reunindo a turma no pátio e anunciando: — Santos Dumont inventou o avião; Graham Bell inventou o telefone e quem inventou o esporte? — Girou o olhar pela garotada à procura de uma resposta e não viu uma única boca se abrir.

Diante do silêncio, um aluno mais esperto levantou o braço: — Foi aquele barão que não lembro o nome... — arriscou.

— Coubertin — acrescentou o mestre. — Não! Ele apenas inspirou as Olimpíadas modernas.

Novamente fez-se silêncio e o professor De Mattos, saboreando a ignorância geral, mandou:

— Quem inventou o esporte... foram as guerras!

A afirmação deu um nó na cabeça da garotada. Esporte não rima com guerra!

Pedimos uma explicação e o mestre viajou à Pré-história para nos dizer que os fundamentos iniciais do esporte estavam ligados às ações do homem de correr, saltar, nadar e lançar objetos a distância.

— É provável — acrescentou — que a primeira competição entre nossos antepassados tenha surgido de um desafio: "Vamos ver quem chega primeiro àquela árvore?". Mas — afirmou ele de dedo em riste —, o desenvolvimento do esporte veio com as guerras. Foram os gregos os primeiros a perceber a necessidade de preparar seus homens com exercícios físicos para as contínuas batalhas que marcaram a Antiguidade. Dos exercícios (coletivos) surgiram as disputas, as competições, e daí para a criação dos Jogos Pan-Helênicos (depois chamados Olímpicos) foi um pulo ou um salto ou uma corrida.

— A primeira Olimpíada foi realizada em 776 a. C. — continuou ele —, mas seus registros se perderam na poeira dos tempos. Só restou a informação de uma corrida de 192,27 metros vencida por um cozinheiro, Coroebus de Élida, que acabou entrando para a História e ganhando uma estátua não por seus quitutes, mas por ser considerado o mais antigo campeão olímpico.

A distância da prova — 192,27 metros — intrigou a turma, e o colega mais esperto perguntou ao mestre a razão dos centímetros a mais.

— Os gregos diziam — respondeu o professor, do alto de sua autoridade — que a distância correspondia a 600 pés de Héracles (Hércules para os romanos), aquele herói mitológico cujas façanhas, segundo a lenda, estavam ligadas à origem dos Jogos.

Os Jogos Olímpicos da Antiguidade eram realizados a cada quatro anos, como ocorre até hoje, disputados apenas por cidadãos livres que competiam completamente pelados. Mulheres, nem nas arquibancadas.

O professor perguntou: — Lembram-se da Guerra do Peloponeso? Ninguém lembrava. Éramos péssimos alunos de História Geral.

— Pois bem — continuou ele —, essa guerra resultou da rivalidade entre as duas maiores cidades-estado da Grécia Antiga, Atenas e Esparta. Uma guerra desastrosa — entre torcidas? — que acabou por enfraquecer o mundo helênico, abrindo caminho para o domínio macedônio e, dois séculos depois, para o Império Romano.

O esporte ainda teve uma sobrevida em Roma até o ano 393 d. C., quando o imperador Teodósio I se converteu ao cristianismo, após curar-se de grave enfermidade, e pôs fim às festividades ditas pagãs em solo romano, entre elas os Jogos Olímpicos. Tarde demais, contudo. Apesar de ter atravessado uma fase de estagnação na Idade Média, a semente do esporte organizado, lançada pelos gregos, não parou de dar frutos e alimentar as emoções do planeta.

No fim de sua aula teórica, o professor De Mattos nos jogou no colo uma informação que bem revela as voltas que o mundo dá.

— O esporte tornou-se tão importante que, durante a realização dos Jogos na Grécia, as guerras eram interrompidas!

Ao que o aluno mais esperto retrucou:

— Não seriam as guerras interrompidas porque os soldados estavam competindo?

Vai saber. Foi a vez de o mestre permanecer em silêncio.

BASQUETE, UM JOGO POR ENCOMENDA

NÃO era preciso ser um administrador para perceber que a rede de colégios da ACM (Associação Cristã de Moços) nos Estados Unidos perdia dinheiro nos meses de inverno. Os alunos que se divertiam ao ar livre com o futebol americano no outono e o beisebol na primavera eram confinados em ginásios cobertos nos meses frios, obrigados a se dedicar a enfadonhos exercícios de ginástica. Entre desmotivados e entediados era grande a evasão nas escolas.

Foi assim que, no início do ano de 1891, Luther Gulick, diretor da ACM de Springfield, Massachusetts, chamou o professor de Educação Física James Naismith a sua sala e encomendou-lhe a criação de um jogo coletivo que pudesse ser praticado nos meses de inverno. Deu-lhe um prazo:

— Você tem 14 dias para inventar um jogo!

Naismith teve de "queimar os miolos". A princípio, pensou em um jogo adaptado dos já existentes, mas a ideia não prosperou: confusa e mal alinhavada, foi rejeitada de cara pelos alunos.

Naismith atirou seus esboços no lixo e recomeçou do zero. Imaginou um jogo que tivesse um alvo mais difícil de acertar do que as traves do futebol e do hóquei (se é que aquelas travezinhas do hóquei são um alvo fácil!!!). Queria privilegiar a habilidade no lugar da força e da potência. Pegou duas cestas das colheitas de pêssego — conseguidas pelo zelador da escola — e pregou-as na parte superior de duas pilastras, a uma altura de 3,05 metros (que permanece até hoje), para que nenhum jogador de defesa pudesse interromper a trajetória da bola arremessada ao alvo. Eram tempos em que não havia muitos galalaus de mais de dois metros de altura capazes de dar um toco...

O professor estabeleceu 13 regras — algumas alteradas ao longo do tempo — e no dia 11 de março de 1891, utilizando uma bola de futebol (*soccer*, é claro), realizou o primeiro jogo aberto ao público entre um time de alunos e outro de professores da ACM. Cerca de duzentas pessoas viram os alunos vencer por 5 a 1, uma goleada no futebol, mas um placar inacreditavelmente ridículo para o basquete!

Compreende-se; porém, Naismith esqueceu-se de inventar a tabela. Pior: os jogos sofriam intermináveis interrupções provocadas — acreditem! — pelo uso de uma escada para pegar a bola nos cestos de pêssego, fechados nos fundos.

Para resolver o problema, alguém sugeriu o uso de uma longa cordinha que, ao ser puxada, virava o cesto e devolvia a bola à quadra. A solução seria definitiva se de vez em quando a cordinha não se soltasse, provocando a paralisação do jogo, às vezes longa. Demorou um pouco até cair a ficha (e a bola): por que não retirar o fundo do cesto?!

Tão logo ganhou uma tabela e um cesto sem fundo, o basquete espalhou-se pelos Estados Unidos e foi apresentado ao mundo nas

Olimpíadas de 1904, em St. Louis, Missouri, EUA. O mundo, no entanto, não se mostrou interessado pelo esporte, que esperou 32 anos para se tornar modalidade olímpica. Bem menos, porém, do que o vôlei, inventado quatro anos mais tarde por outro professor da ACM da cidade de Holyoke, também em Massachusetts.

Em agosto de 1936, nos Jogos de Berlim, o próprio Naismith lançou para o alto a bola da primeira partida de basquete em Olimpíadas (entre França e Estônia).

O basquete é praticado por duas equipes de cinco jogadores que disputam a bola para arremessá-la na cesta adversária. Parece simples, não? Pois então entra na quadra e encara uma partida! Para começar, cada time só tem 24 segundos para arremessar a bola. Você estará cometendo violação se der três passos — ou mais — sem bater a bola! Também não pode segurá-la (sem quicá-la) por mais de cinco segundos! Não pode demorar mais de oito segundos para sair da defesa ao ataque! Nem ficar mais de três segundos com a bola dentro do garrafão! Nem deixar a bola tocar na sua perna! Se driblar com as duas mãos ao mesmo tempo, também estará violando as regras! Sim, e tem mais: depois de entrar no campo adversário, você será penalizado se retornar à sua quadra.

Seja como for, esse conjunto de regras e restrições fez do basquete um dos esportes mais emocionantes do planeta. Sem falar que o tempo custa a passar dentro da quadra. Já reparou que dez segundos no basquete às vezes duram uma eternidade? Eu gostaria de viver em uma quadra de basquete. Talvez estivesse vinte anos mais jovem!!!

GOLFE, O ESPORTE FINO

O GOLFE é um esporte muito original. É possível praticá-lo com a roupa com que se vai à feira, ao cinema, ao trabalho, tendo apenas o cuidado de trocar o calçado por um sapato com cravos (*spikes*) no solado para manter a tração na grama.

Outra característica do golfe é o tamanho do campo, cerca de um milhão de metros quadrados. Nenhum outro esporte conhecido exige tanto espaço para sua prática. Tal extensão talvez explique o fato de o golfe ser o único esporte em que o jogador dispõe de um "secretário", o *caddie*, para carregar seus tacos (em uma bolsa). Nesse "latifúndio" de grama são cavados 18 buraquinhos distribuídos (estrategicamente) entre árvores, dunas de areia, pequenos lagos e outros obstáculos, "plantados" para dificultar a vida do golfista. E tem mais: ao contrário de outros esportes praticados na grama — futebol, rúgbi, hóquei —, cujos campos têm sempre as mesmas medidas (ou quase) e formatos, no golfe não há dois campos iguais.

A palavra golfe vem do inglês *golf*, que vem do alemão *kolbe*, que significa taco. Olhando pelo retrovisor da História não se enxergam suas origens, mas há suspeitas de que o esporte deu suas primeiras tacadas na Roma Antiga, onde se praticava um jogo chamado *paganica*, com uma bola de couro (ou pele) recheada de penas, que era impulsionada por uma vara curta nas mãos dos jogadores.

Não há registros que assegurem quem é o "pai da criança". Os holandeses reivindicam sua paternidade, mas, entre as muitas versões que relatam o nascimento do golfe (como se conhece hoje), a mais aceita atribui sua invenção aos escoceses, lá pelos idos de 1400. Os pesquisadores apoiam sua crença na informação histórica de que em 1457 o rei Jaime II proibiu o jogo, preocupado com seus soldados, que passavam horas tentando enfiar as bolinhas nos buracos e se descuidavam dos treinamentos militares durante a guerra com a Inglaterra.

Na época, os campos escoceses eram forjados pela própria natureza, estendendo-se à beira-mar, onde o movimento das marés formava os bancos de areia. Os campos não tinham limites, o que nos leva a imaginar que o jogo poderia começar na Escócia, atravessar o Canal da Mancha — com uma tacada — e terminar na França!

Tão estranhos quanto os antigos campos escoceses são os do Japão contemporâneo. O Japão, como se sabe, é uma ilha montanhosa onde as raras planícies são reservadas para a agricultura. Que fizeram então os japoneses? Fanáticos por golfe, construíram os campos nos morros, cortando seus picos em um gigantesco trabalho de terraplanagem. Talvez isso esclareça por que os títulos de propriedade dos clubes de golfe no Japão custem algo em torno de cinco milhões de dólares.

O golfe detém um recorde entre os esportes que entraram e saíram da programação dos Jogos Olímpicos. Sua última participação foi em 1904, em St. Louis, EUA; seu retorno se deu no Rio–2016. Ou seja, foram 112 anos na fila de espera.

Não há uma explicação clara para tão longa ausência. O mais provável é que o golfe tenha sido eliminado dos Jogos por falta de público. Esporte caro, praticado por gente fina, é possível que o Comitê Olímpico Internacional (COI) o tenha deixado de molho por esses anos à espera que se tornasse, digamos, mais democrático. Nos Estados Unidos, hoje o golfe é praticado por burocratas, motoristas de táxi, executivos e empresários entre os trinta milhões de jogadores, amadores e profissionais. No Brasil, os tacos continuam nas mãos das elites: somos pouco mais de 25 mil praticantes.

Os primeiros buracos de golfe no Brasil foram cavados em São Paulo. No final do século XIX, engenheiros britânicos que vieram construir a Estrada de Ferro Santos–Jundiaí (São Paulo Railways) utilizaram parte do terreno do mosteiro de São Bento para montar o primeiro *course* do país, ali entre a Estação da Luz e o rio Tietê. Seja pelo crescimento da cidade ou porque as bolinhas viviam caindo no rio, em 1901 o campo mudou-se para as proximidades das avenidas Paulista e Brigadeiro Luís Antônio e mais tarde — em 1915 — para a região de Santo Amaro.

O golfe levou algum tempo para ir de São Paulo ao Rio de Janeiro. Só chegou lá na década de 1920, com a inauguração do Gávea Golf & Country Club — e chegou falando inglês. Quase todos os praticantes eram estrangeiros, executivos e membros do corpo diplomático.

MINIGOLFE

O minigolfe não faz parte do programa olímpico e, como o próprio nome indica, é jogado em uma área equivalente a um décimo do campo oficial. Contam que o esporte foi inventado para as mulheres por imposição das normas sociais que, no passado, torciam o nariz para os movimentos do corpo feminino durante uma forte tacada. O pequeno campo criado para elas, porém — também com 18 buracos —, foi logo "invadido" pelos homens. A História não informa se os homens aderiram ao minigolfe pela novidade do campinho ou pela possibilidade de conquistar alguma golfista entre duas tacadas.

CICLISMO, A RODA NAS OLIMPÍADAS

PRIMEIRO, é claro, foi preciso esperar pela aparição da roda, a invenção mais importante da humanidade, segundo alguns estudiosos. Já imaginou um mundo sem rodas? Depois, foi preciso colocar uma roda atrás da outra, separadas por uma trave. Hieróglifos da época do faraó Ramsés II (ano 1200 a. C.) informam que os egípcios já se equilibravam sobre uma engenhoca que seria o antepassado mais remoto da bicicleta, chamada pelos antigos de celerífero.

Há registros de que em 1492 Leonardo da Vinci, pintor, inventor e escultor, desenhou o modelo de um veículo de duas rodas. O projeto, porém, nunca saiu do papel e oficialmente a bicicleta só foi apresentada ao distinto público em 1790 pelo conde Civrac, que rodou com ela pelos jardins do Palais Royal, em Paris. Detalhe: a bicicleta do conde não tinha pedais, movia-se pelo impulso dos pés no chão.

A bicicleta foi tomando forma aos poucos. Em 1816, o nobre alemão Karl Drais colocou um guidão para direcionar a roda dianteira da engenhoca, que chamou de *draisina* (nome inspirado no seu sobrenome). Em 1870, surgiu a grande bicicleta — cuja ilustração é reproduzida até hoje —, com uma roda dianteira enorme (1,50 metro de diâmetro) e uma minúscula roda traseira (50 centímetros de diâmetro). Apesar do tamanho — ou talvez por isso —, ela não teve futuro: dificultava o equilíbrio, provocando tombos espetaculares.

Passaram-se alguns anos até que alguém se lembrasse de criar os pedais. A façanha coube ao ferreiro francês Pierre Michaux, que, animado pela invenção, apresentou, junto com o filho Ernest, um inédito modelo de velocípede na Exposição Internacional de Paris, em 1867. Mas foi o inglês John Kemp Stanley quem criou, em 1880, a mãe das bicicletas atuais, com guidão, quadro, pedais, correntes e rodas de borracha. A primeira corrida de bicicleta — ainda incompleta — ocorreu em 1842, promovida pelo escocês Machillan. Ele apostou com um amigo, cocheiro de mala postal, que chegaria à frente da carruagem no percurso Glasgow-Carlisse. E venceu a corrida, simplesmente porque a bicicleta não precisava parar para beber água.

O ciclismo de competição foi incluído na retomada das Olimpíadas, em 1896, com uma prova de estrada entre Atenas e Maratona, ida e volta (cerca de 84 quilômetros). Durou umas 12 horas e foi vencida pelo grego Aristidis Konstantinidis, um dos dois únicos ciclistas a terminar a prova. Por esse tempo o Brasil estava sendo apresentado à bicicleta no velódromo do Clube Atlético Paulistano (inaugurado em 1895), localizado onde hoje está a Rua da Consolação. Ela chegou ao país importada da Europa (e não da China, como pensam alguns).

O Brasil nunca conquistou uma medalha olímpica no ciclismo, apesar de competir desde os Jogos de Berlim (1936). Considerando-se, porém, o crescente interesse dos brasileiros pela "magrela", não está longe o primeiro pódio. Nossa melhor colocação foi um sexto lugar nos mil metros contra o relógio nos Jogos de Roma (1960) com Anésio Argenton, tido até hoje como o grande ciclista tupiniquim. Em Pequim (2008) fomos representados por cinco atletas e tudo o que conseguimos foi um 19º lugar, obtido por Jaqueline Mourão na prova de *mountain bike*. Diga-se de passagem que as mulheres tiveram de esperar quase um século para começar a pedalar nas Olimpíadas. Estrearam nos Jogos de Seul (1988), participando apenas das provas de estrada.

No ciclismo, são várias as provas de pista (nos velódromos); três de *mountain bike* (a mais conhecida é a *cross country*) e duas de estrada (resistência e contra o relógio). Em Pequim foi criada a modalidade BMX-SX, que incluiu novos obstáculos à prova. Ao longo dos Jogos têm variado muito a quantidade e as modalidades de provas. Nos Jogos de Londres de 1908, por exemplo, surgiu a modalidade *tandem*, na qual dois ciclistas montavam a mesma bicicleta (com quatro pedais, é claro). A modalidade sobreviveu até os Jogos de Munique (1972). Era mais ou menos como se no hipismo dois cavaleiros dividissem o mesmo cavalo ao mesmo tempo. Não podia dar certo.

HANDEBOL, O AVESSO DO FUTEBOL

Ao que tudo indica, o professor alemão Karl Schelenz pretendeu desbancar o futebol — já em plena ascensão pelo mundo — ao organizar e publicar as regras do handebol, em 1919. Ou não teria aperfeiçoado um jogo disputado por times com 11 jogadores em um campo gramado, de dimensões semelhantes às do velho esporte bretão. Foi assim que o handebol pediu passagem e entrou para os Jogos Olímpicos de 1936 em Berlim, evento em que Hitler abandonou o estádio para não cumprimentar o negro norte-americano Jesse Owens, que conquistou quatro medalhas de ouro e demoliu o mito da supremacia ariana.

As Olimpíadas foram suspensas por 12 anos em razão da Segunda Guerra Mundial (1939-1945). Quando recomeçaram, em 1948, o handebol não fazia mais parte do seu programa. Voltou apenas em 1972, praticado em quadra coberta, com times de sete jogadores e regras modificadas. O que teria acontecido nesses anos para provocar mudanças tão radicais? Uma briga de foice entre os adeptos do handebol de campo e os de quadra, adaptado extraoficialmente pelos países do norte da Europa. Os nórdicos argumentavam que um campo menor tornava as partidas mais emocionantes, e, ao abrigo do frio e da neve, o esporte poderia ser praticado o ano inteiro.

O handebol prosseguiu dividido, sendo praticado nas duas modalidades, até que em 1946, no congresso da Federação Internacional de Handebol, em Copenhague, a delegação sueca virou a mesa e conseguiu oficializar o handebol *indoor*. O handebol de campo ainda resistiu por alguns anos, mas, perdendo público e prestígio, encerrou sua carreira em 1966, quando foi disputado o último mundial a céu aberto.

Pelo prazer (e a facilidade) de segurar uma bola com as mãos, suspeita-se que o handebol tenha sido um dos primeiros esportes coletivos praticados pela civilização (variando de forma ao longo dos tempos). Em Atenas há um fragmento de pedra de 600 a. C. com um trecho da *Odisseia* no qual Homero, poeta grego, descreve um jogo, chamado *urânia*, em que a bola, do tamanho de uma maçã, era arremessada com as mãos com o objetivo de, por meio de passes, ultrapassar os adversários.

Foram os alemães, no entanto, que impulsionaram o esporte mundo afora. Contam que, durante a Primeira Guerra Mundial (1914–1918), um professor de ginástica, Max Heiser, organizou um jogo de bola com as mãos, ao ar livre, para recreação das operárias da fábrica Siemens, em Berlim. Deu-lhe o nome de *torball*, que Schelenz, quatro anos depois, rebatizou de *handball*. No Brasil, o esporte desembarcou depois da Primeira Guerra, trazido por imigrantes (preciso dizer a nacionalidade deles?). Em 1940 foi criada a Federação Paulista de Handebol, que teve como seu primeiro presidente José da Silva? João das Neves? Osvaldo de Oliveira? Nada disso: Otto Schemelling! Só em 1954, porém, entramos na nova onda, reduzindo o número de jogadores e trocando os campos pelas quadras.

O Brasil nunca conquistou títulos ou medalhas de expressão no handebol de salão, mas depois que o esporte chegou à areia (*beach handebol*) — seguindo o exemplo do futebol e do vôlei —, já emplacamos um terceiro lugar no mundial feminino de 2010 e um bicampeonato mundial — 2006 e 2010 — no masculino. Nem os povos do deserto revelam tanta intimidade com esportes na areia!!!

Nos Jogos da Rio–2016 nossa seleção masculina obteve sua melhor classificação — 7º lugar — em Olimpíadas, tendo inclusive batido a Alemanha, campeã europeia. No feminino tivemos uma estreia promissora vencendo a Noruega, bicampeã olímpica, mas as meninas não seguiram com a mesma atuação e foram eliminadas pela Holanda nas quartas de final.

Em tempo: para surpresa geral, no início o handebol era praticado apenas por mulheres!

JUDÔ, MAIS QUE UMA LUTA

Digamos que o judô é filho do jiu-jítsu, o filho que deu certo entre os vários produzidos pelo pai que não tiveram vida longa.

Não há registros nem certidões que confirmem onde e quando nasceu o jiu-jítsu. Sua origem se perde na noite dos tempos, cercada de mitos e lendas. Acredita-se que surgiu na Índia, cerca de 250 a. C., criado por monges budistas como método de defesa pessoal sem violência (jiu-jítsu significa "arte suave"). Daí espalhou-se pela Ásia, mas ao chegar à China passou a ser utilizado como prática militar. Foi com essa característica que desembarcou no Japão e logo foi adotado pelos samurais, uma casta de guerreiros, que fizeram do jiu-jítsu uma luta sem regras. Como se vê, a "arte suave" dos monges indianos acabou em confrontos de pura violência, sem qualquer preocupação de outra ordem.

Como método de combate (com as mãos nuas), o jiu-jítsu popularizou-se e ganhou importância no Japão até 1865, quando o país modernizou suas forças armadas, por influência dos europeus, provocando o declínio das artes marciais. Desempregados, para sobreviver os mestres do jiu-jítsu se voltaram para lutas de exibição em feiras e circos. É nesse vácuo — o fim das lutas marciais — que surge o inventor do judô, um professor magro e baixinho, Jigoro Kano, que praticara jiu-jítsu na juventude e se diplomara em Filosofia na Universidade Imperial do Japão.

Provavelmente influenciado por sua formação universitária, Kano resolveu integrar à força do jiu-jítsu certos princípios de vida, convencido de que para se tornar um grande lutador era preciso antes ser um grande ser humano. Substituiu a palavra *jitsu* (técnica) por *do* (caminho), e aos 23 anos de idade fundou o Instituto Kodokan, onde passou a ensinar judô ("caminho suave" em japonês) a seus nove alunos. E o que pretendia o judô? Buscar o aperfeiçoamento do indivíduo, acrescentando à educação física o preparo moral e a energia intelectual. Nascia, assim, o filho que deu certo, refinando as técnicas do pai e tornando-se uma espécie de jiu-jítsu filosófico.

Ao contrário do jiu-jítsu, modalidade até então exclusiva dos homens, a proposta de Kano ganhou o interesse das mulheres, crianças e idosos, aumentando a popularidade do judô, baseado em valores da doutrina Zen, uma "costela" do budismo. No fim do século XIX, o judô tornou-se oficialmente um esporte no Japão, algo que o jiu-jítsu na época não conseguiu por não ter regras definidas e se utilizar de golpes mortais e traumatizantes que quebravam e "entortavam" os lutadores.

Em 1904, dois discípulos de Kano — Mitsuyo Maeda e Sanshiro Satake — deixaram o Japão para difundir o judô pelas Américas. Desceram dos Estados Unidos até a Argentina e entraram no Brasil pelo Rio

Grande do Sul. Nesse longo percurso foram agregando admiradores que os acompanhavam e acabaram por formar uma trupe. Maeda e Satake faziam rápidas apresentações por onde passavam e em dezembro de 1915 chegaram a Manaus, onde se exibiram no teatro Politeama. Ali — dizem os jornais — apresentaram técnicas de torção, defesa de agarrões, "chaves" de articulação, sempre desafiando o público para a luta. Não foram poucos os valentões de boxe e de luta livre que apanharam dos japoneses.

Manaus vivia o *boom* da borracha; apostas milionárias corriam entre os barões dos seringais, e a multidão que comparecia às lutas queria ver sangue. Desse modo, Maeda e Satake deixaram a filosofia (do judô) de lado e partiram para o pau. Em 1916 foi realizado o primeiro torneio de jiu-jítsu da Amazônia e o campeão foi Sanshiro Satake. Depois do torneio, Maeda ingressou no American Circus, empresa de Gastão Gracie que agenciava lutadores.

O fim dos anos dourados da borracha, por volta de 1920, fechou o American Circus, e Maeda, sem emprego e já com certa idade, se fixou em Belém, onde voltou a ensinar o judô. O jiu-jítsu, porém, continuou sendo praticado e divulgado pelos irmãos Carlos e Helio Gracie, que aprenderam a luta com Maeda no circo do pai, Gastão.

Há registros de que o judô se instalou definitivamente no Brasil por volta de 1922, período da imigração japonesa. Muitos historiadores, no entanto, afirmam que o esporte só "pegou" em 1938, quando um grupo de japoneses liderados por Riuzo Ogawa fundou em São Paulo a academia Ogawa, com o elevado objetivo de ensinar os alunos a cultivar o corpo, a mente e o espírito para o melhor uso do bem e da força pessoal. Há quem diga, porém, que Ogawa, mestre do jiu-jítsu tradicional, só passou a chamar seus ensinamentos de judô depois que o esporte se popularizou pelo país.

Seja como for, o judô teve grande aceitação entre nós e hoje é o esporte em que o Brasil acumula o maior numero de medalhas olímpicas. Chegamos a 21 pódios, incluindo os três conquistados na Rio-2016 com Rafaela Silva (ouro), Mayra Aguiar (bronze) e Rafael Silva (bronze), que não é parente de Rafaela. Nada mau.

REMO, UMA ANTIGA PAIXÃO

Não há registros — nem poderia haver — da primeira competição de remo do planeta. A única certeza dos pesquisadores é a de que os remos foram inventados depois dos barcos. Mesmo porque se tivessem sido inventados antes ninguém saberia o que fazer com eles! O que se diz é que foram os gregos antigos — sempre eles — que inventaram os apoios para os remos.

Com apoio ou sem apoio, o homem vem remando desde que descobriu um meio de se transportar sobre as águas. Há registros de que o faraó Amenófis II já deslizava pelo delta do rio Nilo, quatorze séculos antes de Cristo. No seu poema *Odisseia*, o grego Homero narra uma viagem de Ulisses em um barco a remo — que acabou naufragando — até a ilha de Ítaca.

Eneias, príncipe de Troia e herói da *Eneida* de Virgílio, homenageou seu pai com uma corrida de quatro barcos conduzidos por 200 homens que não remavam por prazer: eram todos prisioneiros, acorrentados à embarcação. Antes de chegar ao esporte, o remo serviu a outros propósitos. Foi botando seus exércitos para remar que o conquistador romano Júlio César atravessou o Canal da Mancha e invadiu a Inglaterra (54 a. C.)

Só lá pelo século XVI o remo veio a se consagrar definitivamente como prática esportiva, com os marinheiros que transportavam a população de Londres através do rio Tâmisa. Loucos por apostas, os ingleses logo começaram a organizar páreos entre os barcos que faziam a travessia. Mais adiante, o remo chegou às raias universitárias, tornando famosa a disputa entre Oxford e Cambridge, que permanece até os dias atuais. A primeira competição entre as duas universidades, em 1829, levou mais de vinte mil pessoas às margens do Tâmisa.

No Brasil — acredite se quiser — o remo já foi o esporte mais popular (antes de o futebol tomar conta do pedaço), prestigiado por imperadores e presidentes da República. O imperador Pedro II esteve presente em uma regata promovida pela Marinha em julho de 1862. Em 1898, uma multidão digna de um Fla–Flu ocupou a enseada de Botafogo para assistir à primeira competição oficial — baleeira a quatro remos — do então Distrito Federal. Entre os espectadores, o presidente Prudente de Moraes.

O primeiro clube de remo do estado do Rio chamava-se Grupo de Mareantes, de Niterói, que realizou sua regata de estreia em dezembro de 1851. Foi sua primeira e única apresentação. No ano seguinte, durante os treinos, uma de suas embarcações naufragou, causando a morte do remador Américo Silva, que não sabia nadar. O clube foi dissolvido.

Na virada do século XIX para o XX, o remo era o grande programa de domingo dos cariocas. Sensível aos interesses da população (e bom político), o prefeito Pereira Passos mandou construir o que foi chamado de Pavilhão de Regatas, onde um público selecionado e apaixonado pelo esporte passou a se espremer para assistir às provas. Construído em ferro, com arquibancadas, espaço para bufete (hoje praça de alimentação) e coreto para duas bandas, o pavilhão ficava na praia de Botafogo, na altura da Rua São Clemente, onde hoje estão as pistas do Aterro. Em São Paulo, as competições eram realizadas nas águas cristalinas do rio Tietê. O remo foi o primeiro esporte a realizar provas regulares no país.

Nos primeiros Jogos Olímpicos da Era Moderna (Atenas, 1896), o remo já constava da programação. Seus atletas, porém, voltaram para casa frustrados por causa de uma ressaca interminável que impediu a realização das competições. Quatro anos depois estreou nos Jogos de Paris. Como ocorreu na evolução de quase todos os esportes, às mulheres era apenas permitido torcer. Somente em 1976, nas Olimpíadas de Montreal, o remo feminino botou seus barcos na água. Ainda bem, ou nossa Fabiana Beltrame não teria conquistado a única medalha de ouro do remo brasileiro em uma competição mundial (Eslovênia, 2011).

GINÁSTICA OLÍMPICA, ARTE & ESPORTE

Q UEM inventou a ginástica?

Certamente, nosso primeiro antepassado que repetiu alguns movimentos com o corpo para — quem sabe? — aliviar as dores nas lombares. Se bem que era preciso muita "ginástica" para qualquer um sobreviver na Pré-história, quando a média de vida não chegava a vinte anos.

A ginástica, portanto, percorreu um longo caminho até saltar para o palco das Olimpíadas. Vinda da Pré-história, consolidou-se na Antiguidade grega, relaxou na Idade Média, mas voltou à cena na Renascença e sistematizou-se na Idade Moderna. Pelos muitos séculos que atravessou, pode-se afirmar que a ginástica só virou esporte muito recentemente... em 1881!

O barbudo professor Friedrich Jahn é considerado o pai da ginástica como modalidade esportiva. Antes de ele fundar o primeiro clube exclusivo para ginastas em Berlim (1881), a ginástica era utilizada nos treinamentos militares — desde a Grécia Antiga —, na formação dos jovens (Educação Física) e nas atividades artísticas (desde o Antigo Egito, quando acrobatas de circo se exibiam nas ruas). Foi ele, o professor Friedrich, quem criou regras específicas, introduziu aparelhos e estabeleceu um conjunto de exercícios considerados ainda hoje a matriz da ginástica olímpica.

Não cheguei a me dedicar a treinamentos militares nem a atividades artísticas, mas tive muitas aulas de Educação Física no colégio Zaccaria com o professor De Mattos, personagem da crônica de abertura. Ele seguia à risca o preceito latino do poeta Juvenal *mens sana in corpore sano* (mente sã em corpo são), lembrando sempre, entre um exercício e outro, que "a saúde do corpo é condição *sine qua non* [sem a qual não] para a saúde da mente". Recordo a alegria com que a turma deixava a sala de aula para mudar de roupa no vestiário e de calção, camiseta e tênis (ou quedes) se entregar às práticas do mestre De Mattos. Se minha mente nunca foi muito sã, não terá sido por falta de exercícios para o corpo.

A ginástica participou da primeira edição dos Jogos da Era Moderna em Atenas, 1896. Era intenção do barão de Coubertin, presidente do Comitê Olímpico Internacional, reproduzir *ipsis litteris* (ao pé da letra, digamos) o ambiente das Olimpíadas da Grécia Antiga. Só que naquela época os homens competiam pelados. Em 1896, porém, já não dava para apresentá-los nesse estado e a solução foi vestir os atletas da cintura para baixo. E quanto às mulheres? Não se sabe se elas ficaram de fora pela impossibilidade de repetirem os trajes masculinos. Sua estreia ocorreu nos Jogos de 1928 (Amsterdã), dentro de maiôs bem comportados.

Na ginástica olímpica o esporte anda de braços dados com a arte. Não será por outra razão que também é chamada de ginástica artística. Tornou-se mais artística ainda em 1950, quando surgiram os atuais aparelhos, que nas Olimpíadas são quatro para as mulheres e seis para os homens. Em cada prova há dois conjuntos de exercícios: os obrigatórios (definidos pelos juízes), iguais para todos os competidores, e os "livres", criados pelo atleta, no qual são julgados a originalidade, a beleza da composição e o grau de dificuldade dos movimentos.

O sistema de pontuação é com certeza o mais complicado entre os esportes olímpicos. São duas bancas de juízes, uma para julgar o valor da série (banca A) e outra para avaliar a execução (banca B). Há ainda um tal valor de partida — atribuído a cada atleta pela banca A — nos exercícios obrigatórios (sete), em que as notas vão de "A" a "G". Depois são eliminadas a nota mais alta e a mais baixa, divide-se tudo e soma--se o resultado com as notas da banca B. Diante de tanta conta — fiz um resumo — acho até que a nota final é anunciada sem muita demora.

Em 1980 apareceu na Olimpíada de Moscou (como esporte de exibição) a ginástica rítmica, extraída de uma costela da ginástica artística. É uma modalidade exclusiva das mulheres que combina balé e dança e utiliza diferentes equipamentos: corda, arco, bola, fita e maça. A cada ciclo olímpico um desses aparelhos fica de fora.

A ginástica faz tanto sucesso junto ao público que o COI está sempre procurando um jeito de expandi-la nas Olimpíadas. Foi assim que nos Jogos de Sidney (2000) entrou para o programa olímpico a ginástica de trampolim, na qual os atletas saltam sobre uma cama elástica sustentada por molas e nela podem subir a oito metros de altura.

Para mim essa modalidade é muito mais acrobacia do que ginástica. O termo, por sinal, foi cunhado pelo circo Hugues, de Londres, no século XIX, que tinha em seu grupo um acrobata francês que impressionava o público com seus saltos mortais na cama elástica. O sobrenome dele era Trampoline.

O Brasil vai deixando de ser um mero figurante e vem imprimindo suas digitais no universo olímpico da ginástica artística. Quem não se lembra do ouro do baixinho Arthur Zanetti nas argolas em Londres-2012? Na Rio-2016 Zanetti ficou com as argolas de prata e não foi o único brasileiro no pódio. No solo, Diego Hipólito ficou com a prata e Arthur Nori com o bronze. Depois das frustrações em Pequim e Londres, Diego desabafou: "Em 2008 caí de bunda, em 2012 caí de cara, agora em 2016, enfim, caí de pé!".

NATAÇÃO, O NADO É LIVRE

Ao retroceder o "filme" da história da civilização até nossos ancestrais mais remotos, podemos imaginar que o primeiro *homo sapiens* do planeta não teve dificuldades para nadar. Resultado de um processo evolutivo, ele deve ter aprendido ao observar outros animais, ainda que nossos parentes mais próximos — os macacos — não fossem muito chegados a cair na água.

Para nadar — ou melhor dizendo, para se deslocar por meio de movimentos em meio líquido —, bastava ao homem o próprio corpo. Há pinturas rupestres de 7000 anos a. C. que reproduzem pessoas dentro d'água. Na Grécia Antiga a natação fazia parte do culto à beleza física e em Roma era praticada nas águas quentes das termas. As piscinas públicas — nos moldes das atuais — só surgiram na época do Renascimento. A primeira piscina de que se tem notícia foi construída no reinado de Luís XIV, em Paris.

A natação de competição surgiu em Londres na primeira metade do século XIX (1837) e não há registro dos vencedores. Curiosamente, o único estilo praticado era o nado de peito: o corpo se movia como uma rã enquanto as pernas faziam um movimento de tesoura. Foi o inglês John Arthur Trudgen quem criou o estilo nado livre, mas não tão livre assim: os britânicos achavam que a batida de pernas espalhava muita água e Trudgen teve de adaptar o estilo, mantendo as pernas submersas como no nado de peito. Somente por volta de 1890 as pernas voltaram à superfície, depois que outro inglês, Frederick Cavill, esteve na Austrália e observou a rapidez com que os aborígenes nadavam batendo as pernas. O novo estilo foi chamado de *crawl* australiano.

Na primeira Olimpíada dos tempos modernos, em 1896, a natação ainda esteve representada por aquele nado híbrido criado por Trudgen. Na edição seguinte, porém, em Paris (1900), as pernas passaram a espalhar água e consolidou-se em definitivo o estilo livre. Nesses mesmos Jogos foi disputada uma prova de exibição — sem valer medalhas —, a do nado de costas (200 metros). O nado de costas — em decúbito dorsal — é o único dos quatro estilos olímpicos em que a largada ocorre dentro da piscina. De costas, o nadador respira sem dificuldades, mas em compensação não sabe onde está a borda da piscina (para dar a virada). Ou ele já tem de cabeça a quantidade de braçadas necessárias ou se orienta pelas bandeirinhas estendidas sobre as raias. O nado borboleta, cuja invenção é creditada ao nadador japonês Jiro Nagasawa, somente apareceu nos Jogos de Helsinque, em 1952.

O grande divulgador da natação mundo afora foi Johnny Weissmuller, o primeiro homem a fazer os 100 metros nado livre em menos de um minuto, em 1922. Romeno de nascimento, naturalizado norte--americano, Weissmuller bateu 67 recordes mundiais. Nas Olimpíadas de 1924 e 1928 ganhou cinco medalhas de ouro — além de uma de bronze no polo aquático —, virou celebridade internacional e, em 1934, iniciou carreira de ator, tornando-se o Tarzan mais famoso de Hollywood.

Atualmente, o maior fenômeno da natação é o norte-americano Michael Phelps, que quebrou 37 recordes mundiais e conquistou 28 medalhas nas cinco Olimpíadas de que participou. Mas Phelps não começou como um vencedor. Na sua estreia, nos Jogos de Sidney (2000), não foi além do 5º lugar nos 200 m borboleta, única prova que disputou. Daí para a frente esteve no pódio em todas as provas e, na Rio-2016, aos 31 anos, pendurou seis medalhas no pescoço, sendo cinco de ouro.

A primeira piscina brasileira foi construída em 1885, às margens do rio Guaíba, em Porto Alegre, pela Associação Esportiva Sogipa, sob o nome de "Casa de Banhos". Pelo regulamento da entidade, as pessoas que não sabiam nadar eram obrigadas a usar calções brancos; quem nadava até 200 metros vestia calção com uma faixa vermelha e os nadadores qualificados, calções vermelhos. Todas pagavam 200 réis para usar a piscina, mas tinham direito a um calção (sem uso, é claro).

Oficialmente, a natação foi introduzida no país em julho de 1897 quando Botafogo, Flamengo, Gragoatá e Icaraí fundaram a União de Regatas Fluminense. Antes disso, porém, já havia competições no Rio de Janeiro, então Distrito Federal, e a mais importante delas era a travessia da Baía de Guanabara. O primeiro campeonato brasileiro foi em 1898, disputado em uma única prova (1500 metros, nado livre) — entre a fortaleza de Villegaignon e a praia de Santa Luzia, que mais tarde foi aterrada e virou nome de rua. O vencedor foi Abrahão Saliture, que ganhou também a primeira prova realizada no rio Tietê (SP), em 1905, tempos em que o rio era "nadável".

O Brasil assinou seu nome no pódio da natação olímpica em 1952, nos Jogos de Helsinque, quando um nadador de nome japonês, Tetsuo Okamoto, conquistou a medalha de bronze nos 1500 metros nado livre. Daí para a frente acumulou algumas medalhas de prata e bronze até finalmente alcançar o ouro nos Jogos de Pequim (2008), com César Cielo (50 metros nado livre). Entre as mulheres, a Segunda Guerra Mundial nos privou de um pódio certo. Maria Lenk, cujo nome de batismo era Maria Emma Hulga Lenk Zigler, bateu dois recordes mundiais em 1939 — 200 e 400 metros peito — e estava prontinha para conquistar o ouro olímpico quando o conflito cancelou os Jogos de 1940, em Tóquio. Restou à natação feminina a marca de ter a mais jovem atleta brasileira em Olimpíadas: Talita Rodrigues, que participou do revezamento 4 x 100 nado livre nos Jogos de 1948, em Londres, com apenas 13 anos e 347 dias de idade.

Na Rio-2016, enfim, o Brasil conquistou sua primeira medalha feminina nos esportes aquáticos com Poliana Okimoto, bronze na maratona em mar aberto.

TÊNIS, O JOGO DOS REIS

O TÊNIS tem uma particularidade única: o jogo é mais fácil de entender do que sua linguagem e contagem. Por princípio, a bolinha deve ser jogada de um lado para o outro por cima da rede e nos limites da quadra. Sem mistérios, não? Já a linguagem é um pouco mais complicada. Ao contrário do futebol, que traduziu os termos, trocando *goal-keeper* por goleiro, *back* por zagueiro, *off side* por impedimento, o tênis continua falando inglês no Brasil (e no resto do mundo): *lob, game, topspin, break point, slice* (já ouviu alguém dizer "deu uma fatiada na bola"?). Mas já conseguimos substituir *drop shot* por "deixadinha". Um avanço!

A contagem, então, nem se fala! O jogo é dividido em *games* e *sets*. Quem chegar a seis *games* primeiro vence o *set*. Quem vencer dois *sets* — ou três, nos torneios do Grand Slam — ganha a partida. Até aí tudo bem, o pior vem agora: para vencer um *game* é preciso marcar quatro pontos. Um neófito imaginaria os quatro pontos seguindo uma ordem natural: 1–2–3–4. Acontece que o tênis era um esporte metido a besta e assim não poderia ter uma pontuação tão óbvia. Daí seguir uma ordem que até hoje permanece indecifrável: 15–30–40 – *game*! Talvez nisso resida o charme do esporte!

A explicação mais aceita pelos pesquisadores atribui tal contagem ao sistema de horas. Ou seja, os quatro pontos do *game* correspondem ao andamento do relógio: 15–30–45–60 minutos. Essa pontuação foi usada no primeiro torneio de Wimbledon, em 1877. Os adeptos dessa corrente — existem outras, mais mirabolantes — informam que com o passar do tempo o 45 virou 40 e o 60 virou *game*! Por quê? É aí que o bicho pega. Nas pesquisas sem fim não encontrei nenhuma interpretação convincente para essa virada.

O tênis não tem um inventor, como teve o vôlei e o basquete. No seu livro *A história do tênis*, o inglês Lance Tingay afirma que o esporte "é fruto de uma evolução, mais do que uma invenção". E a evolução começou na França, no início do século XIII, com a difusão do *jeu de palme*, o jogo de palma, praticado sem raquete, com as mãos nuas. O esporte conquistou grande popularidade na França, onde a realeza praticava-o nos jardins dos palácios. Basta dizer que o rei Luís XII (1498–1515) mandou construir quarenta quadras em seu palácio em Orleans. Foi por essa época que o tênis ganhou o epíteto de "esporte dos reis".

Em meados do século XIV, os franceses, com as mãos inchadas, resolveram criar uma espécie de pá de madeira — o *battoir* — para bater na bola. Mais adiante, um italiano teve a ideia de botar um cabo na pá e — eureca! — inventou a raquete (foram mais de trezentos anos para chegar ao atual formato oval). No século XVIII, a Revolução Francesa destruiu as quadras e acabou com a diversão da nobreza. Imagina se os *sans-culotte* (o povão) iriam preservar um esporte dos reis!

O jogo, porém, já havia atravessado o Canal da Mancha e foi se estabelecer na Inglaterra, onde encontrou no rei Henrique VIII um fervoroso adepto. Henrique VIII (1491–1547) teve seis esposas (uma de cada vez!) e mandou matar duas delas (Catarina Howard e Ana Bolena). Dizem as más línguas que o rei as executou no cadafalso porque com elas perdia todos os jogos de dupla.

Foi também na Inglaterra que surgiu a versão mais próxima do tênis atual, quando o major Walter Wingfield voltou da Índia carregando na bagagem um jogo chamado *sphairistike* (do grego "esfera" ou algo parecido). Wingfield alterou as regras utilizadas até então pelos ingleses, padronizou as medidas da quadra e ganhou dinheiro vendendo, por cinco guinéus, um *kit* de madeira contendo o regulamento do jogo, quatro raquetes, a rede e as bolas. Manteve, porém, o nome do esporte – tênis (derivado do francês *tenez* – pega!). Ainda bem. Assim como o voleibol não iria longe com a denominação de *mintonette*, o tênis não teria sobrevivido sendo chamado de *sphairistike*!

O tênis chegou ao Brasil por volta de 1888, trazido por diplomatas e funcionários ingleses que vieram trabalhar na Light and Power e na São Paulo Railway. Nossa maior glória no esporte veio do tênis feminino: Maria Esther Bueno, que conquistou 589 títulos internacionais e foi a primeira do mundo em 1959, 1960, 1964 e 1966. Trinta e um anos depois — em 1997 — o catarinense Gustavo "Guga" Kuerten, um ilustre desconhecido, surpreendeu o mundo ao vencer o torneio de Roland Garros, um dos mais importantes do circuito. Foi primeiro do *ranking* mundial em 2000 e 2001 e pendurou as raquetes em 2008, forçado por problemas físicos, depois de duas cirurgias.

O tênis entrou no programa das Olimpíadas logo nos primeiros Jogos, em 1896, mas em 1924 (Paris) foi convidado a se retirar e não apareceu para os Jogos de Amsterdã (1928). Andou se exibindo em Tóquio (1964) e Los Angeles (1984) e finalmente voltou a ser chamado de esporte olímpico em Seul, 1988. Daí para a frente esteve em todas.

TAE KWON DO, O CHUTE FILOSÓFICO

NA minha meninice eu gostava de assistir a lutas (só de assistir) e logo tomei conhecimento de algumas modalidades — boxe, judô, jiu--jítsu... —, mas curiosamente só vim a saber da existência do *tae kwon do* depois de adulto.

Deve ser, pensei na época, um novo esporte criado pelos japoneses. Para minha surpresa, descobri que o *tae kwon do* nem era japonês nem tampouco um novo esporte. Surgiu na Coreia como técnica de combate lá pelos anos 50 a. C., e com certeza deu várias voltas ao mundo antes de chegar ao Brasil, o que só ocorreu nos anos 1970. Não há registros de seu inventor.

Naquela época a Coreia era formada por três reinos, Koguryo, Silla e Paekche. O mais antigo registro da luta vem de uma pintura no túmulo de um monarca que governou Koguryo, onde a posição de dois guerreiros em confronto sugere o *tae kwon do*. O arqueólogo japonês

Tatashi Saito, que escavou a sepultura, supõe que ela seja de um período entre os três primeiros séculos da era cristã.

Avançando na História, por volta do ano 918 o *tae kwon do*, então chamado de *supak*, já era praticado com regras definidas. Os primeiros documentos, encontrados em 1392, durante a dinastia Yi, anunciam o *tae kwon do* como um esporte nacional. Durante os séculos seguintes o território coreano foi disputado por mongóis, chineses e japoneses, e a trajetória do esporte perdeu-se no meio das guerras. Mas, em 1910, o Japão conquistou a região e empenhou-se em varrer do mapa a língua e a cultura coreanas. O *tae kwon do* passou a ser praticado às escondidas.

Em 1945, com a derrota do Japão na Segunda Guerra Mundial, a Coreia recuperou a autonomia e seus líderes das artes marciais decidiram abandonar o caratê — imposto pelos japoneses — e unificar as diferentes escolas de luta que cresceram na clandestinidade. Foram dez anos de tentativas infrutíferas, até que em 1955 o general Choi Hong Hi — este sim, considerado o pai do esporte moderno — conseguiu reunir todas as escolas sob um único nome: *tae kwon do*, dando origem à International Tae Kwon Do Federation. O esporte conquistava seu lugar no circuito oficial das lutas marciais!

Lá pelo início dos anos 1960 o *tae kwon do*, já se sentindo crescidinho, resolveu mostrar sua cara para o mundo. Deixou as fronteiras da Coreia e começou a se expandir pelo exterior, por meio de conceituados mestres que viajavam para divulgar e introduzir a luta no Ocidente. Aproveitavam também para corrigir o equívoco dos norte-americanos, que chamavam a luta de "caratê coreano". Em julho de 1970 o grão-

-mestre Sang Min Cho desembarcou em São Paulo, trazendo os princípios do esporte na bagagem.

Lembro que na época fiquei confuso quando me disseram que o *tae kwon do* era uma arte marcial. Arte? Para mim, arte — qualquer que fosse — estava relacionada a manifestações artísticas, culturais ou intelectuais. Nunca ao esporte. Acontece que, antes de se transformar em esporte, o *tae kwon do* era uma forma de combate revestido de um ritual solene que lhe conferia algum viés artístico.

Da arte à filosofia. Para o *tae kwon do*, mais importante do que vencer ou perder é seguir um conjunto de princípios que valorize o respeito, a cortesia, a lealdade e o autodomínio na busca pelo desenvolvimento mental, físico e espiritual. Não é pouca coisa. *Tae kwon do* significa "caminho dos pés e das mãos por intermédio da mente".

O esporte — ou arte marcial, como queira — segue ganhando adeptos em todo o planeta por conceder benefícios ao corpo, desenvolvendo a elasticidade, a agilidade e — acreditem — favorecendo o emagrecimento. Se emagrecer já é uma luta para a maioria dos mortais, por que não fazê-lo logo com o *tae kwon do*?

Ao contrário do caratê, do *kung fu* e do *muay thai*, o *tae kwon do* usa pouco os punhos, privilegiando uma grande variedade de voadoras e rasteiras. Os chutes são a base do esporte, no qual o objetivo é acertar determinadas áreas do corpo do adversário, valendo pontos. Um chute circular bem dado na cabeça do oponente ganha pontuação máxima (quatro pontos).

O *tae kwon do* é uma das duas artes marciais asiáticas — a outra é o judô — que fazem parte do programa olímpico. Apesar de existirem três entidades internacionais, as federações nacionais reconhecem a World Tae Kwon Do Federation como a única a seguir os princípios olímpicos. Fundada em 1973, a WTF reúne atualmente 185 federações. O esporte só ganhou *status* olímpico em Sidney (2000) e não fosse por nossa campeã Natalia Falavigna — bronze nos jogos de Pequim (2008) — eu ainda não teria assistido a qualquer combate desse esporte filosófico no qual o chute segue o caminho dos pés e das mãos por meio da mente.

Pensei que não fosse assistir mais nenhuma luta desse esporte, mas na Rio–2016 um mineiro de Ribeirão das Neves, Maicon Siqueira – 51º lugar no ranking mundial – me levou novamente para a frente da TV ao disputar o bronze com um inglês, 12º no ranking. Maicon venceu dando ao Brasil sua segunda medalha olímpica na modalidade. Foi uma grata e inesperada conquista.

DO *VOLLEY BALL* AO VOLEIBOL

O VOLEIBOL não foi inventado pelos gregos nem veio ao mundo por acaso. No final do século XIX, o bigodudo William Morgan — diretor da ACM (Associação Cristã de Moços) de Holyoke, Massachusetts (EUA) — entregou-se à missão de criar um esporte que não tivesse a intensidade (e a brutalidade?) do futebol americano e — mais importante — pudesse ser praticado por pessoas de meia-idade. Depois de algum tempo "queimando as pestanas", como diria minha avó, Morgan "deu à luz" o voleibol, primeiro e único esporte coletivo sem contato físico entre os atletas. Corria o ano de 1895.

Por acaso, por puro acaso, foi no vôlei que conquistei minha única medalha como atleta (as outras ganhei-as no futebol de botão). Deu-se que nos meus tempos de estudante de Direito em Salvador (BA) disputavam-se as Olimpíadas Universitárias, reunindo as faculdades do estado. Como sempre fui avesso a contatos físicos — com homens, bem entendido —, um amigo, colega de turma, jogador da seleção baiana, achou que eu poderia me sair bem no vôlei e, na falta de opções para montar o time, acabou me escalando como oposto.

— Que diabo é oposto? — perguntei.

— Não interessa! — disse ele. — Tenta jogar as bolas para o outro lado da rede.

— Por cima ou por baixo? — Eu nunca havia jogado vôlei.

— De preferência por cima. Joga e deixa que eu faço o resto!

E não é que ele fez o resto? Ganhamos da Medicina, Arquitetura, Odontologia e perdemos a final para a Engenharia porque errei três saques seguidos. Um vexame! Peguei minha medalha de prata e nunca mais dei um saque na vida.

Na verdade, foi quase um milagre a invenção de Morgan ter sobrevivido aos primeiros anos, quando era jogado com uma câmara de ar aproveitada da bola de basquete; uma rede de tênis elevada a 1,98 metro de altura (a altura atual é de 2,43 metros, no masculino) e atendia pelo bizarro nome de *mintonette* (*minnonete?*). Pense bem e responda: algum esporte pode ganhar o mundo sendo chamado de *mintonette?*

Por sorte o professor de Educação Física Alfred Halstead, depois de assistir a uma exibição promovida pelo bigodudo, chamou-o a um canto, disse-lhe que "com esse nome seu esporte não dura três meses" e sugeriu rebatizá-lo de *volley ball*. Por que *volley ball*? Porque a bola, ao ser arremessada, faz um voleio por cima da rede.

Garantido o novo nome, impôs-se uma tarefa mais árdua: fazer os necessários ajustes nas regras e no equipamento para o esporte conquistar adeptos. Logo se substituiu a câmara de ar — leve demais —

pela própria bola de basquete, que se revelou pesada demais. Morgan, então, resolveu encomendar uma bola para a empresa A. G. Spalding, especializada em materiais esportivos. Depois de muita pesquisa e uma série de testes, o vôlei ganhou uma bola só sua, usada até hoje.

Outros problemas, porém, precisavam ser resolvidos para garantir o sucesso do esporte. Que fazer para organizar os jogadores que se amontoavam na quadra, sem nenhum critério? Em 1912 foi criado o rodízio que obrigava os jogadores a "rodar" na quadra a cada ponto. O passo seguinte foi limitar em seis o número de jogadores de cada equipe na quadra (que em alguns países chegava a 16!).

Em 1917 foi instituído o *set* de 15 pontos e em 1920 reduziram-se as jogadas de cada time a três toques (antes não havia limite). Como se vê, o voleibol teve de passar por uma longa série de acertos para poder firmar-se no cenário esportivo, ao contrário do basquete, que, inventado quatro anos antes, rapidamente caiu no gosto do público americano.

Não bastasse a sequência de mudanças, o vôlei ainda teve que superar o preconceito de ser considerado um esporte para brancos bem-nascidos. Tanto que só ganhou assento nas Olimpíadas de 1964, em Tóquio. Isso no masculino. O feminino teve de esperar mais 16 anos para entrar nas quadras olímpicas, nos Jogos de Moscou (1980).

Na estreia do vôlei como esporte olímpico, no Japão, a equipe brasileira chegou em sétimo lugar. Demorou exatas duas décadas para subir ao pódio, ganhando a prata nas Olimpíadas de Los Angeles. Uma escalada que começou em 1915, quando o esporte desembarcou em Recife na bagagem de professores norte-americanos da ACM. Dois anos mais tarde chegou a São Paulo e daí para a frente não parou de somar adeptos e aficionados. A confirmação de que tínhamos "jeito para o negócio" veio em 1951, quando conquistamos os títulos masculino e feminino do primeiro Campeonato Sul-americano disputado no ginásio do Fluminense.

Em 1983, nosso vôlei botou 95 987 pessoas no Maracanã — o estádio de futebol, sim, senhor! — para assistir a um amistoso entre Brasil e União Soviética (hoje Rússia), um recorde de público que dificilmente será quebrado neste século — nem talvez no próximo.

O vôlei hoje é o segundo esporte na preferência dos brasileiros e isso se deve às muitas vitórias que vem obtendo nas quadras e areias.

Desde Los Angeles, 1984 – nove Olimpíadas – nosso vôlei masculino de quadra conquistou três medalhas de prata e três de ouro – a última na Rio–2016, mais uma vez sob a batuta de Bernardinho, o treinador mais vitorioso na história do voleibol mundial. No feminino nossas meninas vinham de um bicampeonato olímpico – Pequim e Londres – e para muitos eram favoritas ao título jogando em casa. Como os Jogos Olímpicos são "uma caixinha de surpresas", elas nem chegaram ao pódio. No meio do caminho foram atropeladas pelas chinesas, que acabaram ganhando o ouro.

NA PRAIA

Houve um tempo em que o vôlei de praia justificava seu nome sendo jogado somente na areia das praias, mas a modalidade cresceu tanto que hoje seus torneios são realizados também em cidades a quilômetros do mar.

O vôlei de praia, "filho" do vôlei de quadra, é um jovem alegre e bronzeado que compete e se diverte em um ambiente descontraído que nem de longe lembra os ginásios cobertos onde atua seu "pai".

O inventor do vôlei de praia foi escrever seu nome na areia e não ficou para a História. Suspeita-se, porém, que tenha sido algum norte-americano sarado que na década de 1920 descobriu que o vôlei de quadra poderia ser levado para a praia, sem prejuízo dos seus princípios. A primeira experiência do vôlei na areia ocorreu na praia de Santa Mônica, Califórnia (EUA).

No início eram seis jogadores para cada equipe, depois foram reduzidos para quatro e, mais à frente, para dois. Como as dimensões do campo na areia permaneceram as mesmas, conclui-se que as parelhas tiveram de triplicar seus esforços para manter a bola no ar.

Apesar de ter "nascido" há quase cem anos, o vôlei de praia só se emancipou e se profissionalizou na década de 1980, quando oficialmente chegou ao Brasil, que, com este baita litoral, acolheu-o, abraçou-o e fez dele um dos seus esportes mais vitoriosos.

Sua inclusão no programa olímpico demorou mais um pouco. Apresentou seu cartão de visitas na praia de Almeria, nos Jogos de Barcelona (1992), apenas como esporte de exibição. O Comitê Olímpico Internacional, como faz com outras modalidades, quis testar sua aceitação junto ao público. Pois o vôlei de praia fez tanto sucesso que logo foi incluído nas Olimpíadas seguintes, em Atlanta, EUA (1996).

Na estreia da modalidade, em Atlanta, já chegamos "arrebentando" ganhando o ouro no masculino e no feminino. Entre as meninas só não subimos ao pódio em Pequim (2008). Entre os barbados não deixamos de comparecer desde Sidney (2000) e ganhamos dois ouros, em Atenas (2004) com Ricardo e Emanuel, e na Rio-2016 com Bruno e Allison.

Ainda que o conceito do jogo seja o mesmo da quadra, há pequenas diferenças na praia: a partida termina em 21 pontos, só há um pedido de tempo, de trinta segundos, e não existe a regra do rodízio entre jogadores (rodízio de dois?). Para alguns marmanjos, no entanto, a diferença básica para o vôlei de quadra está nos trajes de algumas atletas, um sumário maiô que deixa à vista todos os movimentos daqueles corpos enxutos. Tem gente que nem olha pra bola!

TIRO COM ARCO, O ESPORTE DA FLECHA

NAS profundezas da Pré-História, dois homens se encontram e um deles exibe uma peça para o outro:

— Veja o que inventei. Um arco!

— Um arco?! E serve pra quê?

— Por enquanto para nada, mas espera só até inventarem a flecha...

Como na história do ovo e da galinha, não se sabe o que surgiu primeiro, se foi o arco ou a flecha. O que todos nós reconhecemos é que a aparição do conjunto — tão importante quanto a invenção da roda — mudou o curso da civilização. Com arco e flecha nas mãos, nossos antepassados puderam enfrentar o mundo inóspito, defendendo-se dos ataques dos animais e caçando outros tantos para reforçar sua dieta alimentar.

Por muitos e muitos séculos arco e flecha foram usados como armas de guerra, decidindo batalhas e conquistando territórios. Contam que os assírios — o primeiro povo do planeta a usar a cavalaria — reinventaram o arco, tornando-o mais potente e capaz de disparar flechas do lombo dos cavalos. Assim, derrotavam os inimigos, ampliando seus domínios e criando um império colossal lá pelos anos 700 a. C.

A flecha mantém o formato original — uma haste — sem grandes alterações, mas os arcos sofreram várias mudanças ao longo do tempo e foi com a invenção do arco recurvo que os mongóis conquistaram boa parte da Europa. No século XI surgiu outra novidade trazida pelos normandos: um arco grande — chamado de *longbow*. Armados com ele, os normandos derrotaram a Inglaterra na batalha de Hastings (1066). Os ingleses ficaram tão impressionados com a novidade que passaram a adotá-la e foi com um *longbow* nas mãos que Robin Hood, o Príncipe dos Ladrões, ficou famoso.

Quem já não ouviu falar desse lendário justiceiro inglês que tirava dos ricos para dar aos pobres e atirava flechas certeiras que empolgavam o público dos cinemas? Sobre ele foram rodados mais de uma dezena de filmes — o último em 2010 —, mas nenhum tão marcante quanto o de 1938, que trouxe Errol Flynn no papel principal. Assisti ao filme umas cinco vezes no decorrer dos anos 1950 e só não me dediquei ao arco e flecha por reconhecer minha absoluta falta de pontaria.

Arco e flecha reinaram por toda a Idade Média até serem aposentados como arma de guerra quando a pólvora e as armas de fogo entraram em cena, no século XVI. A partir daí, trataram de garantir sua sobrevivência entregando-os definitivamente ao esporte. Clubes e sociedades de arqueiros multiplicaram-se pela Europa, e em 1673 ocorreu a primeira competição esportiva de que se tem notícia, na cidade inglesa de Yorkshire.

No esporte são utilizados dois tipos de arco: o composto e o recurvo. O composto possui sistema de roldanas elípticas que permite ao arqueiro alcançar mais potência no tiro. É muito utilizado na caça esportiva a animais de grande porte. Nos Jogos Olímpicos, porém, só se permite o uso do arco recurvo, mais próximo do arco tradicional.

O tiro com arco chegou às Olimpíadas na segunda edição do evento — Paris, 1900 —, homenageando o mitológico Hércules, considerado o primeiro arqueiro da História. Nos Jogos de 1904 (St. Louis, EUA), surpreendeu o mundo ao admitir a participação feminina. Foi o primeiro esporte a abrir as portas para as mulheres.

Nos Jogos de 1920, em Antuérpia, Bélgica, a confusão de critérios aplicados em diferentes países afastou o tiro com arco das Olimpíadas. Retornou em 1972 (Munique, Alemanha), após a FITA (Federação Internacional de Tiro ao Arco) ter conseguido, enfim, uniformizar as regras — seria preciso mais de meio século para isso? — entre os países federados.

Nas Olimpíadas são realizados quatro eventos com equipes masculinas e femininas, sempre ao ar livre e com arco recurvo na distância de setenta metros. O alvo consiste em um desenho (diagrama) de anéis concêntricos, graduados de dez a seis. Uma flecha no dez corresponde a "acertar na mosca", ou seja, no ponto central, identificado por um sinal de "+". E eu que sempre pensei que o sinal no centro fosse uma mosca!

O Brasil estreou na modalidade nos Jogos de Moscou (1980). Esteve presente em outras Olimpíadas, mas nossos arqueiros jamais chegaram perto de incomodar a mosca. Temos apenas uns duzentos arqueiros filiados na Confederação Brasileira. Não é um esporte popular entre nós, exceção para os Jogos dos Povos Indígenas, onde faz muito sucesso.

BOXE, A VIOLÊNCIA PERMITIDA

N̄ÃO FOSSE o instinto agressor do homem, o boxe não teria sido inventado...

Os homens se esmurram desde sempre, desde que eram apenas uns primatas sem futuro nem qualificação. Hoje, munidos de celulares e de *smart phones*, educados e civilizados, continuamos trocando socos, às vezes de paletó e gravata — quem nunca viu dois homens se engalfinhando em uma briga de trânsito?!

Foi o interesse do público por essas cenas de violência que deu origem ao boxe, elevando-o ao patamar de esporte olímpico.

O público adora ver sangue e sopapos. Adquiri consciência desse traço da natureza humana aos 15 anos de idade, quando me vi diante de outro garoto da turma de rua, mais velho e mais forte do que eu, em posição de combate, pronto para me surrar. Os outros garotos presentes — uns quatro ou cinco —, em vez de intervirem na base do "deixa disso", gritavam como romanos na arena dos leões, estimulando a briga. Não fosse a oportuna chegada do pai de um dos garotos e eu teria saído de maca dos jardins do prédio.

No início dos tempos as brigas eram brutais e não raro acabavam com a morte de um dos contendores. Quando, porém, a roda da civilização estacionou na Grécia Antiga, algum empresário mais esperto, percebendo que as lutas atraíam gente, resolveu transformá-las em espetáculo público, criando, então, as primeiras regras. Não se permitiam mordidas, dedo no olho nem socos na região genital. Mas a pancadaria comia solta e com as mãos nuas. Um lutador precisava derrubar três vezes o adversário para vencer a luta, que não tinha hora para terminar.

Sempre reunindo grande público, o boxe acabou sendo promovido a esporte olímpico em 688 a. C., na 23ª Olimpíada da Antiguidade. Segundo registros, o campeão foi um tal de Onomastus de Esmina. Entretanto, na retomada dos Jogos Olímpicos, em 1896, o boxe não foi convidado a participar e só reapareceu em 1904 nos Jogos de St. Louis, EUA, como esporte de exibição. De lá para cá, deixou o ringue apenas nos Jogos de Estocolmo (1912), porque os civilizados suecos tinham uma lei que proibia a prática do esporte no país.

As regras e inovações no boxe foram evoluindo com o tempo. As primeiras lutas organizadas surgiram em 1743, em Londres, baseadas nas "Regras do Ringue", regulamento composto de sete artigos, entre eles o que estabelecia trinta segundos como limite máximo para o pugilista caído se reerguer. Outro artigo dizia que um pugilista só seria considerado derrotado se não conseguisse voltar para seu *corner* (canto).

Esses combates iniciais eram realizados na academia de Jack Broughton, a quem se atribui a criação das primeiras luvas, em 1747.

Nesse mesmo ano, as lutas passaram a ser divididas em "assaltos". Por volta de 1839, as regras de Broughton foram modificadas e o ringue ganhou o formato de um quadrado (6 x 6 metros).

No fim do século XIX surgiram as categorias que separavam os pugilistas em função do peso corporal. Eram cinco: peso pesado, peso médio, peso leve, peso pena e peso galo. Essas categorias foram incluídas nas Olimpíadas em St. Louis, quando os norte-americanos ganharam todas as medalhas de ouro em disputa. O boxe, no entanto, só se tornou esporte olímpico oficialmente nos Jogos de Londres, em 1908.

Nas Olimpíadas, as lutas são decididas em três assaltos de três minutos cada (nas lutas profissionais, são 12 ou 15 assaltos de três minutos). Um grupo de cinco jurados aponta o vencedor, mas quando o lutador derruba o adversário, e este permanece por dez segundos no chão, a vitória se dá por nocaute. Vencer por nocaute é a suprema glória para um *boxeur*.

O Comitê Olímpico Internacional (COI) jamais autorizou a participação de lutadores profissionais nas Olimpíadas. Foi assim que dois cubanos (amadores) fizeram história nos Jogos: Teófilo Salinas e Felix Savón, tricampeões dos pesos pesados que recusaram propostas milionárias para se tornarem profissionais nos Estados Unidos. Já o norte-americano Cassius Clay, ouro nos Jogos de Roma (1960) aos 18 anos de idade, na categoria meio pesado, profissionalizou-se em seguida e conquistou o título mundial dos pesos pesados em 1964. Logo depois, foi afastado dos ringues por três anos, ao se recusar a lutar na Guerra do Vietnã. Converteu-se ao islamismo e mudou seu nome para Muhammad Ali.

O boxe espalhou-se pelo mundo a partir da Primeira Guerra Mundial, por intermédio de soldados britânicos e americanos. Ao Brasil, porém, chegou no fim do século XIX, trazido por imigrantes alemães e italianos que faziam suas lutas nas docas de Santos e do Rio de Janeiro. Sua evolução entre nós foi lenta, porque nossa elite considerava o boxe coisa de marginal. O esporte só conseguiu nocautear o preconceito e ganhar o público com o sucesso de Eder Jofre, o "Galinho de Ouro", campeão mundial em 1961 (peso galo) e em 1973 (peso pena). Jofre é o único pugilista brasileiro imortalizado no Hall da Fama.

Nos Jogos Olímpicos nossa primeira medalha veio com o paulista Servilio de Oliveira, bronze no México, 1968 (peso mosca). Permanecemos 44 anos sem disputar medalhas. Até que em Londres-2012 subimos três vezes ao pódio. Esquiva Falcão levou a prata nos pesos médios, seu irmão Yamaguchi, o bronze nos meio-pesados e no feminino Adriana Araújo o bronze nos pesos leves.

Na Rio-2016, enfim, veio o tão cobiçado e inédito ouro com o baiano Robson Conceição nos pesos leves. Curiosamente, nas suas duas participações olímpicas anteriores – Pequim e Londres – saiu derrotado logo na estreia. Como se vê, Robson é do tipo que insiste e não desiste nunca. Palmas para ele!

BADMINTON, O ESPORTE DA PETECA

TOMEI conhecimento da existência do *badminton* por puro acaso, durante uma viagem à China, no fim dos anos 1970 (quando fui apresentado, também, à fruta lichia!).

De dentro do ônibus, em excursão por Pequim, observei umas crianças empunhando toscas raquetes, jogando uma peteca de um lado para outro por cima de uma rede toda esburacada. A cena lembrou-me a indigência de nossas "peladas" jogadas em terrenos baldios, com bola de borracha. Ao perguntar à guia chinesa — que falava português melhor do que eu — do que se tratava, ela surpreendeu-se e disse-me que era um jogo tão popular na China quanto o futebol no Brasil.

A guia tinha suas razões para se surpreender com minha ignorância. O *badminton* existe pelo menos desde a Idade Média, praticado na Inglaterra, inicialmente, sob o nome de *battlepads and shuttlecocks*. Era um joguinho infantil, disputado com raquetes de madeira e peteca feita de pena de galo que, suspeita-se, tenha sido levado da Índia — onde era chamado de *poona* — por soldados britânicos na época da colonização.

Ao chegar à Inglaterra, o esporte sofreu adaptações e mais à frente trocou de nome. Nada mais sensato. Não deveria ser fácil para uma criança chamar seus amiguinhos para jogar *battlepads and shuttlecocks*. A denominação atual surgiu por volta de 1860, por causa da residência campestre do Duque de Beaufort, conhecida como Badminton House. Ali, os nobres sem muita preocupação na vida divertiam-se por horas, jogando a peteca de um lado para o outro. No fim do século XIX o *badminton* já tinha se tornado um esporte de competição.

O jogo pode ser disputado em "simples" e em duplas, como no tênis. A quadra, porém, é menor do que a do tênis, a rede mais alta (1,55 metro) e a contagem segue por pontos corridos. Ganha o *game* quem chegar aos 21 pontos e as partidas são sempre realizadas no sistema "melhor de três". As raquetes podem ser de alumínio, titânio ou de fibras de carbono (com 13 libras de tensão nas cordas) e — o mais importante de tudo — a peteca deve ter 16 penas de ganso, nem mais nem menos. As penas são extraídas da asa esquerda porque, diz a lenda, o animal dorme virado para o lado direito e amassa as penas dessa asa. Com uma boa raquetada, a peteca pode atingir a velocidade dos carros de Fórmula 1, acima de 300 km/h. Crianças e amadores usam petecas de *nylon*.

Assim como ocorreu com vários outros esportes, o *badminton* também custou a ser incluído no programa olímpico. Ele tentou pela primeira vez nas Olimpíadas de Munique (1972), apresentando-se como esporte de demonstração. Parece que as demonstrações não foram satisfatórias, o *badminton* foi reprovado e só reapareceu na cena olímpica

14 anos mais tarde, nos Jogos de Seul (1988), desta vez como "esporte de exibição". O Comitê Olímpico Internacional (COI) não se mostrou muito interessado em adotá-lo, mas ao saber do ibope registrado nas televisões asiáticas rapidamente tratou de incluí-lo nas Olimpíadas de Barcelona (1992), onde em oito dias de competição foi visto por mais de um bilhão de telespectadores.

Para quem não sabe — e eu não sabia — o *badminton* é o segundo esporte mais praticado no planeta. Como assim, perguntará um latino--americano que nunca ouviu falar em *badminton*? Tal posição se deve ao fato de ser um esporte muito popular em países muito populosos da Ásia: China, Índia, Japão, Indonésia, Malásia...

A China é, no momento, a maior potência mundial do esporte e levou quase todas as medalhas de ouro nos Jogos de Londres, em 2012. O chinês Lin Dan, considerado o rei da peteca, venceu os torneios de simples em casa, nos Jogos de Pequim (2008), e os de Londres, em 2012.

O Brasil, infelizmente, descobriu o *badminton* tão tarde quanto eu. Foram quase sessenta anos entre a criação da Federação Internacional (em 1934) e a fundação da Confederação Brasileira (em 1993). O esporte entre nós tornou-se uma modalidade oficial em 1984 – antes era praticado por pura diversão –, mas até os Jogos da Rio-2016 nossos atletas não viram a cor da peteca.

Para finalizar, uma questão que me intriga mais do que as 16 penas de ganso: o jogador de tênis é chamado de tenista, o de tênis de mesa de mesatenista, e o de *badminton*, como o chamamos?

CANOAGEM, O ESPORTE DAS CORREDEIRAS

Q UEM NÃO conhece ao menos o refrão da *Marcha do Remador*, interpretada pela cantora Emilinha Borba, que estourou no Carnaval de 1964 e continua sendo entoada até hoje como um hino de esperança? A letra fala de uma canoa que se não virar...

Muitas canoas viraram, porém, naufragando sonhos e projetos, e não ficaram para contar a história da canoagem. As que completam seus percursos, no entanto, vêm servindo ao homem desde priscas eras, das mais variadas formas — de meio de transporte a competições esportivas.

A origem desses barcos é disputada por diferentes versões. Alguns historiadores atribuem-na aos egípcios, outros aos sumérios, aos astecas, aos polinésios, mas não é impossível que a canoa tenha surgido pelas mãos de um antepassado pré-histórico mais criativo, quando buscava um jeito de atravessar o rio de uma margem para a outra. Quase todos (historiadores), porém, concordam que o modelo utilizado atualmente inspirou-se na canoa dos índios da América do Norte.

Eram embarcações feitas de madeira e ossos de baleia, forradas com pele de foca e calafetadas com a gordura do próprio animal. Mais tarde, surgiram as embarcações feitas de um único tronco de árvore, chamadas de "canoas canadenses". Já o caiaque é uma invenção dos esquimós, habitantes da Groenlândia, em cujo dialeto "caiaque" significa "barco de caçador". Canoas e caiaques participam das competições de canoagem nos Jogos Olímpicos.

Quem não tem intimidade com o esporte deve estar se perguntando qual é a diferença entre canoa e caiaque. A canoa é uma embarcação aberta, os atletas (canoístas?) se posicionam com um joelho dobrado e o remo tem o formato tradicional de uma pá. O caiaque é fechado, os atletas ficam sentados e o remo tem duas pás, uma em cada extremidade. Na dúvida, é possível identificá-los pela letra: os caiaques levam a letra "K" e as canoas, a letra "C", convenção que vale para todo o mundo.

Assim como se atribui a paternidade da aviação a Santos Dumont, o advogado escocês John MacGregor é considerado o pai da canoagem como modalidade esportiva. Após deixar os Estados Unidos, fugindo da Guerra Civil (1861-1865), MacGregor construiu na Inglaterra uma canoa semelhante à dos índios americanos, a que deu o nome de Rob Roy. Com ela, passou a correr em rios e lagos da Grã-Bretanha e logo recebeu a adesão de curiosos e remadores interessados em experimentar o inédito esporte náutico. Em 1865, MacGregor fundou em Londres o Clube Real de Canoagem.

Muitos anos se passaram para que a canoagem ganhasse *status* de esporte organizado. Somente em 1936, em Berlim, foi admitida no programa olímpico, ainda assim apenas para homens — as mulheres só pegaram no remo nos Jogos de 1948, em Londres, e em provas de velocidade (*sprint*), disputadas em águas calmas. A modalidade *slalom* — em rios com corredeiras — apareceu nas Olimpíadas de 1992, em Barcelona, e o Brasil estava lá, com o atleta Sebastian Cuattrin, que chegou em 24º lugar.

Nascido na Argentina, Cuattrin desembarcou no Brasil com cinco anos de idade, naturalizou-se ainda jovem e conquistou mais de cem títulos nacionais, cinco Copas do Mundo e participou de quatro Olimpíadas, sem chegar ao pódio. É bem verdade que na América Latina o esporte nunca fez muito sucesso: das 619 medalhas olímpicas distribuídas desde 1936, os países latino-americanos ganharam apenas três (todas de prata, com Cuba).

Até que na Rio-2016 surgiu Isaquias Queiroz, que, contrariando todas as previsões, provocou um "maremoto" nas águas da Lagoa Rodrigo de Freitas ao ganhar três medalhas, duas de prata – uma delas em dupla com Erlon Souza – e uma de bronze. O baiano de Ubaitaba tornou-se o maior medalhista brasileiro em uma única Olimpíada. E olha que aos 22 anos de idade suas conquistas estão apenas começando!

HÓQUEI, UM JOGO EM TRÊS VERSÕES

SEMPRE que o assunto é hóquei lembro-me da história do filho de um amigo que, ainda jovem, apaixonou-se pelo esporte, tão conhecido no Brasil quanto o críquete. Um belo dia pediu dinheiro à mãe, comprou bola, bastão, chuteiras e parou diante da família, anunciando que iria dedicar-se ao hóquei sobre a grama.

— E você vai jogar com quem?! — perguntou o pai.

A pergunta fazia todo sentido. Apesar de ter chegado ao Brasil em meados do século XIX, o hóquei nunca "pegou" entre nós, em nenhuma das suas três versões: grama, patins e muito menos gelo. Duvida? Pois na Rio-2016 o hóquei masculino sobre a grama perdeu as cinco partidas que disputou, fez um único gol e levou – acredite – 46! Não foi além da fase de grupos. No hóquei sobre patins ainda conseguimos algum brilhareco com o Sertãozinho, clube fundado em 1980 na cidade paulista do mesmo nome, que detém a maior quantidade de títulos nacionais e, em 1985, conquistou o Mundial Interclubes. Pena que o hóquei sobre patins não seja considerado esporte olímpico.

O hóquei sobre patins é uma espécie de "patinho feio" entre as três modalidades do esporte. Seu "irmão", o hóquei na grama, é presença constante nas Olimpíadas de Verão desde 1928 e o outro "mano", hóquei no gelo, é uma das grandes atrações das Olimpíadas de Inverno. Bem que o patinho feio se empenhou para participar de uma Olimpíada. Em 1992, nos Jogos de Barcelona, inscreveu-se como esporte de exibição, mas parece que sua apresentação não agradou e ele continua na fila para tentar outro "vestibular olímpico". Nesse torneio de exibição de 1992 (que não valia medalhas), disputado por 12 países, o Brasil chegou em 5º lugar e o título ficou com nossos vizinhos da Argentina.

Na verdade, tanto o hóquei sobre patins como o hóquei no gelo descendem do hóquei na grama. Dizem que o hóquei é o mais antigo esporte de taco e bola. Existem outros?, perguntará você, pouco afeito aos esportes. Existem: temos o golfe, o polo, o beisebol e, com alguma boa vontade, o bilhar.

O hóquei vem dos tempos dos faraós. Nas ruínas de uma vila egípcia, arqueólogos encontraram lápides com desenhos rústicos de dois homens segurando tacos de ponta recurvada, disputando uma bola (ou uma pedra arredondada, nunca se soube).

Conta a História que o hóquei (na grama) deriva de um jogo de bastão irlandês chamado *hurlin*. Sua origem talvez explique por que foram os britânicos que estabeleceram as regras do jogo, em 1852, e tornaram-no disciplina obrigatória nas escolas. Os exércitos da Inglaterra — país dominante no século XIX — se encarregaram de levar o hóquei para as colônias inglesas espalhadas pelo mundo. Uma dessas colônias, a Índia, acabou se tornando a maior potência do esporte e ainda hoje disputa com o Paquistão — outra ex-colônia britânica — o clássico de maior rivalidade no planeta.

Para se ter uma ideia da paixão (e do talento) dos indianos pelo hóquei, entre os Jogos de 1928 e 1956 — sete Olimpíadas — eles faturaram todas as medalhas de ouro. O hóquei na grama é disputado por equipes de 11 jogadores em um campo com dimensões próximas às do campo de futebol, mas com uma bola menor. Os gols só valem se marcados de dentro de um semicírculo (o *striking circle*). Os jogadores não podem tocar na bola com nenhuma parte do corpo (à exceção do goleiro), e muito menos levantar o bastão acima do ombro. O hóquei na grama é o terceiro esporte com o maior número de praticantes em todo o mundo.

No hóquei sobre o gelo, invenção canadense, são seis jogadores por equipe correndo alucinadamente atrás de um disco de ferro (*puck*), que faz as vezes da bola. É o jogo coletivo mais rápido do mundo — e talvez o mais violento —, em que a velocidade dos jogadores produz tacadas que podem chegar a 160 km/h. Nossas TVs a cabo transmitem partidas da Copa Stanley com equipes norte-americanas e canadenses de hóquei sobre o gelo. É um jogo bruto, viril, onde o que mais se ouve é o choque dos tacos e o que menos se vê é a "bola" de ferro.

O hóquei sobre patins — o chamado *roller* hóquei — é disputado por equipes com cinco jogadores em quadras com pisos de madeira, cimento ou resina. A modalidade vem crescendo em função do interesse dos jovens pelos patins, inventados, por volta de 1760, pelo belga Joseph

Merlin. Entre as mulheres, o número de jogadoras filiadas aumentou 400% em dez anos. No Brasil, o hóquei sobre patins só chegou em 1952, trazido por imigrantes portugueses. Muito antes, porém — no fim dos anos 1800 —, desembarcou aqui o hóquei na grama, que, segundo uma das versões, veio na mala dos filhos dos barões de café que foram estudar na Europa. Em 1915, alguns aficionados no Rio de Janeiro criaram o Leme Hockey, que não foi muito longe: durou quatro anos.

Como se não bastassem suas três versões — grama, gelo e patins —, em 1954 o inglês Alan Blake inventou o hóquei subaquático — também chamado de *octopush*. O jogo é praticado em uma piscina, a 2,20 metros de profundidade, por seis jogadores em cada time equipados com garrafas de mergulho, tacos mais curtos do que os usados em terra firme e toucas coloridas, para ajudar a distinguir as equipes, como no polo aquático. A baliza — pasmem — tem três metros de comprimento, mas sua altura é de 18 centímetros. Na verdade não passa de uma calha.

O hóquei subaquático se esforça para entrar no programa olímpico, mas parece que o Comitê Olímpico Internacional (COI), antes de admiti-lo, quer saber se as arquibancadas para o público também serão subaquáticas...

ESGRIMA, DAS BATALHAS AO ESPORTE

Assim como tantos outros esportes, a esgrima não veio ao mundo como prática esportiva. Antes, era uma forma de luta travada com armas brancas, assim chamadas as armas compostas de uma lâmina metálica destinadas a produzir cortes e perfurações nos confrontos a curta distância.

Há registros de que essas armas brancas entraram em ação há mais de três mil anos. Na Antiguidade, pinturas gregas e egípcias que chegaram aos nossos dias mostram guerreiros em posição de combate, empunhando espadas. Pelo que se sabe, as primeiras espadas surgiram entre 1500 e 1100 a. C., em Creta e na Bretanha Céltica.

Desde que empunhou a espada, o homem não mais a abandonou. Na Roma Antiga havia uma escola de gladiadores onde eram formados os *doctore armarum*, especialistas no manejo de armas brancas. A espada atravessou a Idade Média ceifando vidas nos campos de batalhas e somente reduziu sua presença e importância com o aparecimento da pólvora. O progresso das armas de fogo guardou as armaduras no armário, e a espada transformou-se em arma de ataque e de defesa, incorporada aos trajes civis. Na França do século XVIII as pessoas portavam-na no dia a dia, como o chapéu e as botas. Daí o interesse em aprender a utilizá-la com as técnicas de esgrima. Quem não se lembra dos duelos entre espadachins nos livros e filmes de "capa e espada"?

Meu encantamento com a esgrima chegou pela porta do cinema. Infante ainda, minha tia Julieta levou-me a ver o filme *Os Três Mosqueteiros*, com Gene Kelly no papel de D'Artagnan (a melhor entre as 22 versões cinematográficas adaptadas do romance de Alexandre Dumas). Suas lutas — coreografadas como se fossem danças — contra os inimigos do rei da França me deixavam de olhos arregalados e pregados na tela. Ao sair do cinema, reuni três amiguinhos, nomeei-os Athos, Porthos e Aramis, montamos em quatro vassouras e saímos galopando em cavalos imaginários a desafiar quem aparecesse pela frente aos gritos de "Um por todos! Todos por um!".

A primeira referência da esgrima como esporte surgiu em um manuscrito intitulado *Flor de Bataglia*, de 1410, do mestre italiano Fiori Del Liberi. Na época, as espadas, feitas de uma liga de ferro e bronze, eram grosseiras e pesadas, tão pesadas que era impossível segurá-las com uma única mão. Digamos que a esgrima como esporte somente evoluiu depois que os espanhóis aprenderam com os mouros um sistema para preparar as lâminas (têmpera) que tornava o aço mais leve, mais resistente, e dispensava o uso das duas mãos. A esgrima moderna, no entanto, tem seu marco inicial no aparecimento da máscara de arame trançado, criada para proteger o rosto dos contendores, sempre exposto aos golpes.

A esgrima participa dos Jogos Olímpicos da Era Moderna desde sua primeira edição, em 1896, mas, por alguma razão, nunca se tornou um esporte popular. Talvez porque as pessoas saibam que as armas são "de brincadeirinha" e não vão ferir nem matar ninguém, ao contrário do que ocorria com os gladiadores, que arrastavam multidões às arenas romanas, ávidas por violência e morticínios. Ou talvez porque a rapidez dos movimentos dos esgrimistas não permita ao público ver com clareza o momento do "gol" ou do ponto.

A esgrima, disputada em uma pista de 14 metros de comprimento por 2 metros de largura, compreende três modalidades esportivas: espada, florete e sabre. Na espada é permitido atingir — apenas com a ponta — qualquer parte do corpo do adversário. No florete só vale o toque no tronco (frente ou costas) e no sabre, arma mais ágil, pode-se atingir o adversário com a lâmina ou a ponta, da cintura para cima. Os atletas usam roupas especiais, as mesmas no masculino e no feminino, sendo que as mulheres, com algo mais a resguardar, usam protetores para os seios.

Toda vez que a arma toca em áreas válidas, o ponto é marcado eletronicamente, por meio de sensores dispostos no colete. Aí, o leitor curioso perguntará: e antes da existência dos sensores, como se sabia do ponto? Simples: as armas eram mergulhadas em tinta ou — como nos tacos de sinuca — usava-se giz na ponta para marcar o golpe. Nos combates ditos mudos (sem sensores), o árbitro conta com quatro auxiliares que ficam em dupla atrás de cada esgrimista. Nesse caso, a esgrima torna-se um dos únicos esportes em que a quantidade de árbitros (5) supera a de atletas (2).

No Brasil, a prática da esgrima vem dos tempos do Império, estimulada pelo interesse de D. Pedro II. No início do século XX, por influência de militares franceses, foram criadas escolas no Exército e na Força Pública de São Paulo. Surgiu a União Brasileira de Esgrima, que organizou o primeiro campeonato nacional, em 1928. Mas nas Olimpíadas o país somente foi à luta nos Jogos de Berlim (1936), e até hoje quem mais próximo chegou do pódio foi o gaúcho Guilherme Toldo, que avançou até as quartas de final no florete, na Rio-2016.

Falta dizer que as mulheres custaram um pouco a participar da esgrima olímpica. Em 1924, nos Jogos de Paris, conseguiram empunhar um florete. Aguardaram mais setenta anos para pegar na espada — nos Jogos de Atlanta, 1996 — e chegaram ao sabre em Atenas, 2004. Com certeza faltou-lhes um D'Artagnan que, no passado, as inspirasse ao combate.

Touché!

NADO SINCRONIZADO, A ARTE NA PISCINA

ENFIM, uma modalidade esportiva em que as mulheres reinam absolutas. Ao contrário da história de tantos outros esportes em que as mulheres, para participar, quase tiveram de pedir "pelo amor de Deus", no nado sincronizado elas, desde logo, tomaram conta da piscina, não deixando espaço para competições masculinas.

Na realidade, o nado sincronizado não é apenas um esporte. Combina esporte com arte, misturando conceitos de natação, ginástica e dança. Tanto que nas competições olímpicas há dois grupos de jurados, um para observar a técnica e outro para julgar a parte artística, fantasias e coreografias. As meninas executam os movimentos sincronizados com tal graça e beleza que o público — que desconhece as regras e as rotinas — assiste às apresentações muito mais como a um *show* do que a uma competição.

A origem do nado sincronizado é incerta e os *sites* que tratam do tema só contribuem para aumentar as incertezas. Uns dizem que o esporte surgiu em 1891, em Berlim. Outros afirmam que nasceu no Canadá, no início do século XX. Seja lá qual tenha sido sua origem, na minha modesta opinião quem o propagou pelos quatro cantos do planeta foi Esther Williams, a bela atriz norte-americana que nos anos 1940 fez da piscina o cenário principal de seus filmes de sucesso. Na época dizia-se que em terra firme Esther não passava de uma mulher igual às outras, mas dentro d'água virava uma sereia, uma estrela.

Nem tão igual às outras, acrescento. Esther Williams era um mulherão de mais de 1,70 metro, sorriso cativante e corpo escultural, que encantava as plateias com seus musicais dentro d'água acompanhada, em sincronia perfeita, por um "batalhão" de nadadoras coadjuvantes. Foi uma das musas da minha adolescência e perdi a conta das vezes em que fui vê-la no cinema Metro, espalhando água e talento nos seus números de balé aquático (que mais adiante passou a atender pelo nome de nado sincronizado).

Aconselho a quem não a conheceu a procurar por seus filmes, em especial *Escola de sereias* e *A rainha do mar*. Na juventude, Esther venceu inúmeras provas de natação e preparava-se para competir nas Olimpíadas de 1940, que acabaram canceladas pela Segunda Guerra Mundial. Ela passou a fazer exibições nas piscinas, foi "descoberta" por um agente de Hollywood, em um *show* em São Francisco, e por quase dez anos tornou-se uma campeã de bilheteria. Ou seja, não fosse a Grande Guerra, Esther teria prosseguido na natação e o mundo teria perdido a grande inspiradora do nado sincronizado.

O nado sincronizado apareceu pela primeira vez em uma olimpíada em 1948 — no auge do sucesso de Esther —, mas apenas como esporte de exibição (sem valer medalha). O Comitê Olímpico deve ter atravessado muitos anos discutindo se o nado sincronizado era de fato um esporte ou uma atividade artística. Isso porque, depois de 1948, a modalidade desapareceu do programa olímpico e só retornou 36 anos mais tarde, nos Jogos de Los Angeles (1984), sob regras bem definidas.

As provas são realizadas dentro das piscinas, é claro, mas limitadas ao espaço de um quadrado de 12 x 12 metros e três de profundidade. Nas Olimpíadas só há dois tipos de provas: para duplas (duetos) e equipes (oito atletas). As russas dominam ambas as categorias e desde Sidney (2000) vêm conquistando todas as medalhas de ouro em disputa. Em Londres, o dueto russo homenageou Michael Jackson, tanto no maiô — que tinha a cara do artista estampada — como na música, com "They Don't Care About Us".

Um leitor mais atento perguntará como as nadadoras ouvem a música debaixo d'água? Por meio de alto-falantes instalados nas paredes internas das piscinas. Para evitar que entre água no nariz, as atletas fecham as narinas com uma pecinha de arame coberta de plástico, chamada *nose clip*. Manter os·cabelos presos é obrigatório e as mais vaidosas usam gel fixador para enfeitar o penteado. Quanto ao maiô, deve ser inteiro, como o de nossas avós. Biquíni e fio dental nem pensar...

O Brasil participa do nado sincronizado desde que a modalidade entrou para o programa das Olimpíadas – ficamos de fora em Atlanta (1998) – e sua melhor colocação foi um 6º lugar por equipe na Rio-2016. A que se devem resultados tão modestos? Deixo no ar a pergunta: quem sabe se num país tropical, onde as mulheres se acostumaram a peças sumárias nas praias e piscinas, o maiô inteiro não esteja dificultando o desempenho de nossas atletas?

AS LUTAS QUE DÃO MEDALHAS

São CINCO os esportes de combate individual nas Olimpíadas — boxe, judô, *tae kwon do*, luta greco-romana e luta livre —, mas apenas as duas últimas são chamadas oficialmente de "lutas".

A luta é o mais antigo meio de ataque e defesa do ser humano e só não vem do início da Criação (segundo o Gênesis) porque Adão não tinha com quem lutar. Se Deus tivesse criado logo dois homens, certamente eles teriam se engalfinhado no Paraíso pelo coração de Eva (ou da serpente).

Na mitologia grega os deuses eram lutadores. Homero narra em seu poema *Ilíada* um combate entre Epeu, construtor do cavalo de Troia, e Ácamas, filho de Teseu, que terminou sem vencedor. Mas foi o poeta Píndaro quem descreveu a maior luta do Olimpo, entre Cronos e Zeus, ou seja, entre pai e filho. Os dois lutaram durante dez anos, não pelo título de campeão da Morada dos Deuses (Olimpo), mas por um prêmio mais "modesto": a posse do Universo.

Cronos, o mais jovem dos titãs, tornou-se o Senhor dos Céus ao castrar o pai, Urano. Receoso de ser destronado, Cronos devorava os filhos ao nascerem. Devorou todos, menos Zeus, que foi salvo por sua mãe, Reia. Zeus cresceu, desafiou o pai e, depois de uma luta encarniçada, afastou-o do trono, tornando-se assim o rei dos Deuses, supervisor do Universo. Píndaro conta que a primeira Olimpíada da Grécia Antiga, em 776 a. C., foi organizada para comemorar a vitória de Zeus.

A luta como esporte, porém, só foi introduzida nos Jogos da Antiguidade, em 706 a. C. Os lutadores combatiam nus, com o corpo coberto de azeite e uma fina camada de areia. Não havia distinção de peso nem de idade e não havia hora para acabar. Aquele que fizesse o adversário cair era considerado o vencedor. Houve uma época, no entanto, em que as lutas seguiam até a morte de um dos contendores.

A luta greco-romana é a "mãe" de todas as lutas (esportivas). Veio evoluindo desde a Antiguidade, incorporando outros estilos, até que lá pelo início do século XIX ganhou regras definitivas. Atribui-se a um soldado francês, Jean Exturoyat, dos exércitos de Napoleão, a modernização da luta, proibindo o uso das pernas e de golpes abaixo da linha da cintura. Os lutadores só podiam usar o tronco e os braços para deitar o adversário e encontrar um modo de encostar suas costas no tapete.

As limitações impostas à luta greco-romana acabaram por provocar o crescimento da luta livre (que não tinha história nem popularidade), na qual valia tudo menos dedo no olho e chutes no baixo-ventre. Nos Estados Unidos — que disseminou o estilo livre pelo mundo —, os combates eram chamados de *catch as catch can*, inicialmente realizados em feiras e festivais, com um caráter de espetáculo de entretenimento.

A luta dita estilo livre estreou no programa olímpico em St. Louis, EUA (1904), na terceira versão dos Jogos, e contou apenas com a participação de lutadores norte-americanos. Já a greco-romana não só fez parte da retomada das Olimpíadas, em 1896, como foi a grande sensação entre os esportes. Na ocasião, o Comitê Olímpico Internacional (COI) homenageou a mais antiga modalidade esportiva — ao lado do atletismo — reproduzindo o combate como era disputado nos Jogos da Antiguidade, com os lutadores banhados de óleo e cobertos de areia, mas com as partes pudendas cobertas, é óbvio.

A luta greco-romana esteve ausente dos Jogos de 1900. Em 1908 ambos os estilos estiveram presentes, mas já em 1912 (Estocolmo, Suécia) a luta livre ficou de fora. Somente a partir de 1920 (Antuérpia, Bélgica) os dois estilos passaram a caminhar juntos por todas as Olimpíadas, ambos com o mesmo objetivo: imobilizar o adversário de costas para o chão. Tanto na greco-romana como no estilo livre, as lutas são disputadas em dois *rounds* de três minutos sobre um tapete circular de borracha com nove metros de diâmetro. Caso nenhum dos oponentes consiga imobilizar o adversário, a luta é decidida por pontos.

Em Atenas (2004), o COI autorizou as mulheres a se atracar no tapete para disputar medalhas em quatro categorias — entre os homens são sete — no estilo livre. Elas reivindicam sua presença também na greco-romana. Nos últimos anos as duas modalidades de luta entraram em declínio e, para tentar reerguê-las, o COI criou novas regras, mantendo-as no programa olímpico, pelo menos até os Jogos de 2024. Caso não recuperem seu prestígio, talvez sejam substituídas por lutas mais moderninhas como a MMA (Artes Marciais Mistas), uma espécie de vale-tudo, tão a gosto do civilizado público contemporâneo.

HIPISMO, COMUNHÃO ENTRE O HOMEM E O CAVALO

Desde a aurora dos tempos o homem e o cavalo se conhecem, mas a união dos dois para a prática de esportes somente se efetivou na Grécia Antiga (sempre ela).

Lá pelo período Eoceno (54 a 38 milhões de anos atrás), o cavalinho — menor do que os atuais — não passava de um animal selvagem que, caçado, só servia como fonte de alimento. Mais tarde — bota milhões de anos nisso —, quando nossos ancestrais abandonaram a vida nômade e fixaram moradia, é que os animais (entre eles, o cavalo) começaram a ser domesticados.

Deve ter sido por essa época que o homem, observando suas criações, percebeu que o cavalo tinha o formato, a altura e a força necessários para suportar seu peso. Montou-o. A partir daí a vida de ambos experimentou uma mudança radical. Os dois se aproximaram, construíram uma sólida amizade e o cavalo tornou-se o principal meio de transporte do homem até meados do século XIX. Mas não só isso.

Aproveitando-se do vigor físico do cavalo, o homem transformou-o em "pau para toda a obra", utilizando-o nas guerras, no arado e em outros trabalhos. Daí para se divertirem juntos, correndo pelas pradarias, foi um salto.

O primeiro registro da presença de cavalos nos esportes vem de 680 a. C. Em parelhas de dois ou quatro — bigas ou quadrigas —, debaixo de muito chicote, eles puxavam uma espécie de carroça nas carreiras que encantavam o público dos Jogos Pan-Helênicos no santuário de Olímpia. As provas eram disputadas em 1250 metros por até quarenta carroças, levantando uma poeira infernal, e valia todo tipo de recurso ilícito para alcançar a vitória. A ligação dos gregos com os equinos pode ser reconhecida nos centauros, seres mitológicos com torso e cabeça humanos e corpo de cavalo. Isso sem falar no Cavalo de Troia.

O hipismo fez sua estreia nas Olimpíadas de Paris (1900) como esporte de demonstração e limitou-se à prova de saltos, em altura e em distância. Por alguma razão esteve ausente das duas Olimpíadas seguintes, mas quando voltou, em Estocolmo (1912), foi para não mais deixar o programa olímpico. Desde então, o esporte é disputado em três diferentes modalidades: saltos, adestramento e concurso completo. Nos saltos, os "conjuntos" — nome que se dá à parceria do homem com o cavalo — devem percorrer um determinado trajeto no menor tempo possível, sem derrubar obstáculos. O adestramento é uma prova de avaliação, na qual os juízes avaliam as *performances* na coreografia livre e nos exercícios obrigatórios. O concurso completo, disputado em três dias, envolve saltos, adestramento e provas de fundo.

O cavalo mantém o privilégio de ser o único animal (irracional) a participar de Olimpíadas. Não será exagero afirmar que os cavalos (do hipismo) entraram nas competições olímpicas com a colaboração de outro animal: a raposa. Durante a Idade Média os nobres europeus — principalmente os ingleses —, sem muito que fazer, dedicavam parte do seu ócio à prática da caça à raposa, montados em seus corcéis, acompanhados de seus cães perdigueiros. Na caçada os cavaleiros eram forçados a saltar sobre troncos, riachos, barrancos e outros obstáculos que apareciam pela frente. Nasceu aí o primeiro esboço do hipismo. Dizem até — informação lateral — que foi nessa época que inventaram as calças, como as usamos hoje, para dar mais conforto às montarias.

Oficialmente, o hipismo nasceu no início do século XVI, por iniciativa de Jaime I, rei da Inglaterra. A partir daí começaram a surgir por toda a Europa escolas de montaria, como a de Versalhes (1680), de Saumur, no vale do Loire (1834), e a famosa Escola de Equitação Espanhola, que, apesar do nome, fica em Viena, Áustria, e existe desde 1735. Lá os cavalos são tratados a pão de ló ou a farinha de rosca importada da Escócia. É mole?

No Brasil, o hipismo teve de esperar pela chegada dos cavalos, trazidos pelos colonizadores portugueses para trabalhar na agropecuária. Apesar de terem se adaptado melhor no sul, o primeiro torneio de cavalaria foi realizado em 1641, em Pernambuco, sob o patrocínio de Maurício de Nassau, governador holandês que chegou a Recife em 1637. Participaram cavaleiros holandeses, franceses e brasileiros, mas o resultado do torneio nunca foi conhecido. Nassau deve tê-lo levado com ele quando voltou para a Europa, em 1644.

Curiosamente, ao retornar aos Jogos Olímpicos, em Estocolmo, o hipismo ficou, por mais de quatro décadas, restrito à participação de militares. Somente nos Jogos de Helsinque (1952) o Comitê Olímpico Internacional (COI) autorizou a presença de civis. O Brasil fez seu galope de apresentação no hipismo olímpico nos Jogos de 1936 (Berlim) e cavalgou durante 60 anos para conquistar sua primeira medalha (de bronze — por equipe) em Atlanta (1996). Repetiu o bronze em Sidney (2000) e finalmente ganhou o ouro em Atenas (2004) no salto individual, com Rodrigo Pessoa e Baloubet du Rouet, um conjunto que fez história no hipismo tupiniquim.

Na Rio-2016 Rodrigo, já sem Baloubet – aposentado –, foi escalado pelo técnico norte-americano George Morris para ser reserva da equipe. Rodrigo dispensou a convocação e preferiu ficar na torcida. Só não se sabe se, "mordido", torceu contra ou a favor.

Nota: O hipismo é o único esporte olímpico que não discrimina os sexos. Homens e mulheres competem juntos, na mesma prova.

ATLETISMO, O ESPORTE-MÃE

NINGUÉM precisou ensinar nossos antepassados das cavernas a saltar, correr e arremessar, movimentos que faziam de modo espontâneo. Pois são esses três movimentos (naturais) que formam a base do atletismo, fazendo dele o primeiro esporte organizado do planeta. Daí ser chamado de esporte-mãe.

O esporte-mãe teve um "pai"? Impossível saber. Talvez Adão, se é que arremessou o talo da maçã ou saiu correndo do Paraíso. O filósofo Filóstrato (250 a. C.– 170 a. C.), porém, nos dá uma dica da época em que o atletismo começou a ser organizado: na Grécia de 1225 a. C., quando, ao pé do santuário de Olímpia, foram realizadas as primeiras competições para honrar os deuses ou agraciar visitantes ilustres, tradição que durou pouco mais de dois séculos.

Por volta de 884 a. C., Ífito, rei da Élida, retomou os programas esportivos com os Jogos Pan-Helênicos. Vem dessa época a transformação do disco de arremesso, que passou a ser feito de bronze — antes era de pedra —, e foi imortalizado por Milon de Crotona em um gesto de lançamento que permanece até hoje como um dos símbolos das Olimpíadas.

Os Jogos Pan-Helênicos eram realizados em quatro datas e locais diferentes e dedicados a quatro deuses gregos. Os Jogos Olímpicos, em Olímpia, dedicados a Zeus (rei dos deuses e dos homens); os Jogos Píticos, próximos a Delfos, em homenagem a Apolo; os Jogos Nemeus, perto de Nemeia, dedicados a Héracles (Hércules para os romanos); e os Jogos Ístmicos, em Corinto, consagrados a Poseidon. Dos quatro restaram os Jogos Olímpicos, o mais antigo e importante dos festivais, que em 776 a. C. deu origem às primeiras Olimpíadas da Antiguidade.

Apesar das narrativas de poetas e prosadores, são poucas as certezas sobre as provas daquela época, quando os registros públicos eram envolvidos em lendas e fantasias. Sabe-se que as corridas eram disputadas em uma distância de 192,27 metros. Sabe-se que em 720 a. C. houve a primeira corrida de fundo com 12 voltas em torno do estádio (cerca de 4700 metros). Sabe-se que em 708 a. C. surgiu o pentatlo, cujo primeiro vencedor foi Lampis da Lacônia. Sabe-se, ainda, que o maior atleta da Antiguidade foi Leônidas de Rhodes, que venceu 12 provas de corridas entre 164 a. C. e 152 a. C. Era um tempo em que os corredores cavavam um buraco no chão para ganhar impulso na partida.

Antes que Roma conquiste a Grécia (em 146 a. C.), deixem-me contar que, quando comecei a competir pelo Botafogo nos cem metros rasos — a mesma especialidade do tricampeão olímpico Usain Bolt —, já havia blocos de partida, mas as sapatilhas, se comparadas com as atuais, eram pouco melhores do que as da Grécia Antiga. Os pregos do solado eram fixos — hoje são adaptáveis — e serviam perfeitamente para pregar um quadro na parede.

Minha iniciação no atletismo — único esporte que me levou a competições oficiais — veio pelas mãos do professor De Mattos, de Educação Física, no Colégio Zaccaria, numa época em que fazíamos ginástica de tênis de cano longo (quedes). Como eu vencia todas as corridas que fazíamos entre as balizas do campo de futebol, o mestre me aconselhou a procurar um clube para aperfeiçoar minha técnica.

Diante de um futuro que se desenhava promissor, além dos cem metros rasos dediquei-me também ao salto em distância e ao revezamento 4 x 100 metros, mas jamais consegui subir sequer ao primeiro degrau do pódio nos campeonatos cariocas (infantojuvenis). O futuro ficou pelo caminho, e, entre ser rabo de leão ou cabeça de formiga, optei pelas competições do colégio Zaccaria. Lá, pelo menos, tinha garantido o alto do pódio.

Voltando à Antiguidade, Roma, ao conquistar a Grécia, manteve os torneios esportivos (com ares de espetáculos circenses), que seguiram até 394 d. C., quando o imperador Teodósio converteu-se ao cristianismo e aboliu os Jogos por considerá-los uma festa pagã (todo mundo nu?!).

Durante muitos séculos os esportes em geral, e o atletismo em particular, sumiram do mapa por influência do cristianismo na Europa medieval, que valorizava a purificação da alma, desprezando os cuidados com o corpo.

Somente em meados do século XIX (1834) os esportes voltaram a dar sinais de vida, quando educadores vitorianos introduziram-no como prática obrigatória nas escolas públicas da Inglaterra. Quem abriu a porta das escolas foi o professor Thomas Arnold, inspirado nos princípios do poeta Juvenal, autor daquela frase que ainda hoje resume a filosofia do esporte: *mens sana in corpore sano* (mente sã em corpo são).

Mais e mais escolas foram aderindo à prática dos esportes e na segunda metade do século XIX o atletismo instalou-se definitivamente entre os ingleses. Daí para se espalhar pela Europa foi um pulo (sobre o Canal da Mancha). Em 1892, em reunião realizada na Sorbonne, França, o Barão de Coubertin (Pierre de Frédy) apresentou uma proposta para recriar os Jogos Olímpicos. Uma proposta pedagógica que visava a formar o caráter dos jovens na prática esportiva, despertando-lhes o senso de disciplina, o domínio de si mesmos e o espírito de equipe.

A proposta do Barão foi aprovada (em segunda reunião) e em 1896 a Grécia sediou a primeira olimpíada da Era Moderna — nada mais justo —, que contou com a presença de outros nove países e 12 modalidades de atletismo masculino (as mulheres só foram admitidas no atletismo nos Jogos de 1928, em Amsterdã, Holanda). O primeiro atleta a subir ao alto do pódio em 1896 foi o norte-americano James Connoly, ao vencer o salto triplo, por coincidência a única prova atlética em que o Brasil foi bicampeão olímpico, com Adhemar Ferreira da Silva, em Helsinque, Finlândia (1952), e Melbourne, Austrália (1956).

Atualmente são 36 as provas de atletismo — entre homens e mulheres —, sem contar o decatlo, no masculino, e o heptatlo, no feminino. O pentatlo virou uma prova combinada — inclui natação e hipismo — e ganhou vida própria. O lema das Olimpíadas, *citius, altius, fortius* (mais rápido, mais alto, mais forte), originou-se no atletismo, o esporte-mãe.

SALTO COM VARA, CURTA!

MUITA gente considera esta modalidade do atletismo apenas um salto em altura apoiado em uma vara. Acontece que a simples presença da vara muda tudo. Sei bem dessas diferenças desde quando, jovem atleta, tentei trocar minha prova de cem metros rasos pelo salto com vara, fascinado pela plasticidade dos movimentos dos corpos ultrapassando o sarrafo. O treinador, Frederico (não recordo seu sobrenome alemão), entregou-me a vara e disse: "Vai!". Mirei no sarrafo — a dois metros e meio do chão — e quando comecei a correr Fred gritou:

— Para! Para! Você tem de carregar a vara do lado contrário ao da perna de impulsão! Qual é sua perna de impulsão?

Fiquei olhando para elas sem saber o que dizer (ainda bem que são somente duas!). Fred tentou me ajudar:

— Deve ser a esquerda!

— Claro! Lógico! — concordei. — Sou canhoto!

— Então é a direita!

Empunhei a vara do lado certo, respirei fundo e parti em desabalada carreira. Fred gritou novamente:

— Peraí! Peraí! Isso não é uma prova de cem metros com vara! Você precisa ritmar a corrida. Se perder o passo, não vai conseguir encaixar a vara!

— Tá ficando complicado! — gemi. — E quando é que eu largo a vara?

— Quando estiver ultrapassando o sarrafo. Procure coordenar os movimentos dos membros inferiores com os dos superiores e tente manter o equilíbrio muscular na impulsão do solo e na repulsão da vara.

— Tudo isso ao mesmo tempo?

— Lembre-se de que, ao envergar a vara, a energia cinética do seu corpo transforma-se em energia mecânica na vara. Agora vai!

Fui! Larguei a vara e desisti do salto. Nunca fui bom aluno em Física.

O salto com vara é a modalidade atlética que mais evoluiu ao longo dos anos. Na retomada das Olimpíadas em Atenas (1896) o norte-americano Welles Hoyt venceu a prova saltando 3,20 metros. Um século mais tarde o ucraniano Sergei Bubka elevou a marca mundial para 6,14 metros, três metros a mais! O que mudou nesse espaço de tempo? É certo que o atleta aperfeiçoou sua técnica, seu preparo físico, mas permanece com a mesma anatomia, cabeça, tronco, duas pernas e dois braços. Foram as transformações na vara que levaram os saltadores a subir mais alto.

Até o início do século XX as varas eram de bambu ou madeira; mais adiante foram substituídas pelas de alumínio. Só recentemente chegamos às "modernosas" varas de compostos de fibra de vidro e carbono, que, mais leves, permitem ao saltador correr mais rápido e, por consequência, aumentar o impulso no solo.

As varas variam de diâmetro e comprimento à escolha do "freguês" (ainda que somente possam ser revestidas por duas voltas de fita adesiva). O mais importante, porém, é que se ajustem ao peso do atleta. Um saltador de 90 quilos, por exemplo, que coloca duas vezes mais energia sobre a vara do que outro de 45 quilos, vai precisar de uma vara que suporte seu corpo e envergue com a mesma intensidade de seus adversários mais magros. Nem sempre, contudo, os atletas estão certos quanto à vara a ser usada. Talvez por isso muitos levem para as competições até dez diferentes tipos de vara. Como se fossem tacos de golfe.

O salto com vara já era praticado nos Jogos Olímpicos da Antiguidade. Só que os atletas, em vez de ultrapassarem o sarrafo, saltavam com a vara por cima de touros (um sarrafão, por certo!). Já os celtas — tão ligados em esportes quanto os gregos — usavam a vara para saltos em extensão. O primeiro registro da vara em saltos verticais, como os de hoje, vem da Alemanha de 1775. Era usada nas competições de ginástica.

Na Rio-2016, o Brasil surpreendeu o mundo – e a ele mesmo – ao conquistar o ouro com o paulista Thiago Braz. Ele bateu o francês Navillene, campeão mundial e olímpico em Londres, e ainda quebrou o recorde olímpico saltando 6,03 metros. Foi nossa única medalha no dito esporte-mãe.

RÚGBI, O "IRMÃO" DO FUTEBOL

O DUVALDO COZZI, um locutor das antigas que tinha a mania de falar empolado, soltou uma frase durante uma partida de futebol que ficou famosa nas transmissões esportivas: "A bola perdeu sua esfericidade legal, tornando-se, pois, obsoleta para a prática do *association*". A primeira vez em que assisti a uma partida de rúgbi, ainda garoto, ao ver a bola oval também pensei que ela tivesse perdido sua "esfericidade legal".

Por que ela não é redonda como as outras? É a primeira pergunta que salta à boca diante daquele estranho objeto oblongo que leva o nome de "bola". Há muitas explicações a respeito, mas nenhuma delas convincente o bastante para ser a versão oficial. Uma delas conta que os próprios jogadores pediram ao sapateiro William Gilbert que a fizesse ovalada para distingui-la da bola de futebol, jogado com os pés. Outra versão, mais crível, atribui o formato oval à irregularidade das bexigas — nem sempre redondas. Ou seja, as bolas já saíam das mãos dos sapateiros deformadas por causa do couro do porco (ou do boi). Significa dizer que elas não foram criadas especificamente para o rúgbi. Ao contrário: o rúgbi é que se aproveitou do seu formato ao constatar que facilitava o manejo dos jogadores. Sem dúvida, a bola oval era mais fácil de segurar, proporcionando mais firmeza e precisão na recepção. Assim, ela foi incorporada ao jogo, sendo aperfeiçoada, e fez do rúgbi o único esporte do mundo — além do futebol americano, seu filho dileto — em que a bola não obedece ao formato de uma esfera.

No início — lá pelas primeiras décadas dos 1800 — rúgbi era tão somente o nome de uma escola inglesa onde os estudantes jogavam futebol (com bola redonda), esporte ainda rudimentar, sem regras muito definidas. Contam os registros históricos que em 1823 William Ellis, um garoto de 17 anos de idade, fez uma jogada irregular durante um jogo na Rugby School: pegou a bola com as mãos e atravessou o campo até a linha de fundo adversária, perseguido, na correria, por outros jogadores que tentavam detê-lo, sem sucesso. Surgiu aí o embrião do rúgbi.

A garotada da escola gostou da experiência, criou algumas regras para jogar com as mãos e afastou-se das demais escolas — Cambridge, entre elas — que continuavam privilegiando os pés na prática do jogo. Permaneceu, contudo, chamando o rúgbi de futebol, ou melhor, de rúgbi-futebol.

Outras versões negam o pioneirismo do garoto William, mas a maioria o aceita como o cara que deu o pontapé (ou "pontamão") inicial no rúgbi. Não fosse assim, William não teria uma estátua na frente da escola — que ainda existe — nem a copa do mundo do esporte seria chamada de William Ellis Cup. Registre-se que William só saiu em desabalada carreira — violando as regras — por estar achando muito monótono aquele joguinho de futebol com os pés.

Em 1871, uma assembleia da Football Association decidiu eliminar duas regras do futebol para uniformizar o esporte em todo o mundo: proibiu o uso das mãos e do *tackle* (agarrar o adversário e jogá-lo ao chão para retomar a bola). Foi o bastante para abrir um racha entre os clubes, e aqueles que estavam em desacordo com a eliminação das duas regras criaram a Rugby Football Union, depois transformada em International Rugby Football Board. A entidade, porém, só decidiu se divorciar do futebol (no papel) em 1998, quando suprimiu "Football" de seu sobrenome e passou a assinar apenas International Rugby Board.

Após a separação, o esporte pôde aperfeiçoar suas regras e já em 1877 aumentou para 15 o número de jogadores, adotou uma contagem de pontos diferente da do futebol e mais tarde incorporou oficialmente a bola oval. Não satisfeito, criou uma versão minimalista com apenas sete jogadores.

Na verdade, o rúgbi de sete surgiu em função da escassez de jogadores na cidade de Melrose, situada em uma região de pequenos vilarejos da Escócia. Na falta de homens parrudos para completar times de 15, o Melrose Club adaptou as regras tradicionais para um jogo de sete. A invenção dos escoceses foi adotada em outras partes do mundo e em 1973 ganhou o reconhecimento oficial. Além do rúgbi de 15 e de 7 há outras modalidades: o rúgbi de 13, para cadeirantes, e o rúgbi subaquático, que conheço apenas de nome e nem desconfio como pode ser jogado debaixo d'água.

O rúgbi (de 15) entrou para o programa olímpico logo na segunda edição dos Jogos em 1900 (Paris), por indicação pessoal do Barão de Coubertin, grande admirador do esporte. Em 1925, porém, quando Coubertin deixou a presidência do Comitê Olímpico Internacional (COI), mal ele saiu por uma porta, o rúgbi saiu das Olimpíadas por outra, em 1928. Ao longo do tempo, o rúgbi foi ganhando aficionados e tornou-se o terceiro evento esportivo mais assistido em todo o planeta, atrás apenas do futebol e das Olimpíadas. Talvez por isso o COI o tenha trazido de volta ao programa olímpico em 2016, na modalidade *Sevens*.

O rúgbi de sete é o jogo coletivo com o menor tempo e duração entre os esportes reconhecidos. São sete minutos cada tempo por um minuto de descanso. Mal dá para os jogadores fazerem xixi e beber água no intervalo. Já no rúgbi de 15 são oitenta minutos divididos em dois períodos de quarenta, com vinte de intervalo. A quantidade de árbitros, no entanto, é a mesma para as duas modalidades: um juiz de campo e dois bandeirinhas (uma das únicas heranças que restaram do futebol *association*). No rúgbi, porém, há um segundo árbitro, o árbitro de vídeo, que acompanha o jogo pela televisão para auxiliar o juiz principal nas suas dúvidas.

Nas suas mais diferentes modalidades, o rúgbi é praticado em cerca de 120 países, o Brasil entre eles. Aqui, no entanto, sua popularidade não cresceu como em outras praças, mas há uma explicação para o fato: a concorrência que sofreu do futebol. Os dois chegaram ao Brasil quase na mesma época — fins do século XIX — e desde logo ficou claro que os locais preferiam se divertir com a bola nos pés.

Ofuscado pelo futebol nos primeiros tempos, o rúgbi vem buscando seu espaço no país a duras penas. Nossa primeira seleção nacional, formada nos anos de 1930, não apresentou um desempenho que entusiasmasse o público: perdeu de 82 a 0 para a Inglaterra em jogo amistoso.

Em 1963 — informam os registros — 95% dos nossos jogadores ainda eram estrangeiros. Vinte e cinco anos depois, porém, nosso rúgbi dava sinais de evolução. Apesar de praticado em apenas três estados da federação, 76% dos jogadores filiados já eram brasileiros. Para se ter uma ideia do pouco interesse que o esporte despertava, somente em 2003 o canal de TV ESPN transmitiu um Campeonato Mundial, ainda assim porque a Federação Internacional de Rúgbi mandou o sinal de satélite de graça para o Brasil.

Apesar de ter aumentado o interesse pelo esporte, o Brasil continua "marcando passo" no rúgbi masculino. Na Rio–2016 nossos rapazes chegaram em 12º depois de perder na disputa do 11º lugar para o Quênia por 24 a 0.

No feminino ficamos na 9ª colocação. Na América do Sul, no entanto, não tem para ninguém. Nossas meninas conquistaram todos os nove torneios de rúgbi de sete disputados, levantando a suspeita de que no Brasil o rúgbi é um esporte para mulheres!

TÊNIS PING
DE MESA PONG

Tenho algo em comum com o mesatenista Hugo Hoyama, recordista em participações nos Jogos Olímpicos — seis vezes — ao lado do velejador Torben Grael. Eu e Hoyama pegamos em uma raquete pela primeira vez aos sete anos de idade. Ele em São Bernardo (SP), eu em Corumbá (MS), onde meu pai, militar, foi servir.

Desde menino sonhava em me tornar um astro do tênis de mesa, um esporte em que não teria necessidade de correr, saltar, nadar nem precisaria de um biotipo específico. A chinesa Deng Yaping, quatro medalhas de ouro olímpicas, tem pouco mais de metro e meio e o campeão bielorrusso Vladmir Samsonov bate nos dois metros de altura.

Quis o destino, no entanto, que eu e Hoyama seguíssemos por caminhos opostos. Enquanto ele deixou sua cidade aos 17 anos, foi aperfeiçoar sua técnica no Japão, na Europa e tornou-se o maior mesatenista brasileiro de todos os tempos, eu nunca consegui chegar às finais dos torneios no hotel de São Lourenço (MG), onde passava as férias. Pendurei as raquetes reconhecendo, constrangido, minha mediocridade no pingue-pongue.

Na Rio-2016 um outro Hugo marcou presença no esporte. Hugo Calderano, um carioca de 20 anos que chegou às oitavas de final da simples masculina depois de três vitórias seguidas. Esse Hugo é uma promessa que amadurece. Com 15 anos de idade derrotou pela primeira vez o outro Hugo, o Hoyama.

Mas, afinal, o nome é tênis de mesa ou pingue-pongue?

Originalmente o jogo se chamava pingue-pongue. No fim do século XIX, o inglês James Gibb, um ex-corredor de maratonas que viajava pelos Estados Unidos, deu de cara com umas bolinhas de celuloide utilizadas em brinquedos e tratou de levá-las para Londres, onde já se praticava um jogo com raquetes e bolas de cortiça. As novas bolinhas tiveram imediata aceitação, e Gibb, ouvindo seu som na mesa e na raquete (de pele de carneiro), associou-o às palavras "pingue" e "pongue", dando nome a uma diversão que virou mania na virada do século XX.

O jogo surgiu oficialmente na Inglaterra por volta de 1884, com o pomposo nome de *miniature indoor tennis game*, praticado por estudantes universitários. No princípio era um caos. Os rapazes jogavam com caixas de charutos vazias, bolas de cortiça arredondadas à mão e, no lugar da rede, enfileiravam livros no meio da mesa. Mais adiante apareceram as raquetes, que tanto podiam ser de madeira como de papelão ou tripa animal recobertas por lixa, cortiça ou tecido. Os livros foram substituídos pelas redinhas — colocadas em diferentes alturas —, mas as mesas continuavam de qualquer material e tamanho (jogava-se até em mesa de bilhar!) — e as partidas tanto podiam ser de dez como de cem pontos. Claro que desse modo o jogo não podia ir longe e de fato teve vida curta no seu país de origem.

Há diferentes versões para o desinteresse pelo pingue-pongue na Inglaterra, mas a maioria dos historiadores atribui o fracasso à confusão de regras e práticas e à invenção da borracha (em 1902), rapidamente utilizada na superfície das raquetes. A borracha permitiu mais efeito e velocidade nas bolas e acabou estabelecendo um abismo entre jogadores iniciantes (larga maioria) e os poucos especialistas que se apropriaram do jogo. Este, porém, já havia saltado sobre as fronteiras da Inglaterra, espalhando-se pela Europa Central e chegando, no início do século XX, à Ásia: China, Coreia e Hong Kong.

A virada de mesa que mudou a denominação do jogo veio em 1922, quando um grupo de rapazes ingleses tentou reabilitar o esporte no país e criou uma associação de pingue-pongue. A essa altura, porém, a firma inglesa J. Jaques já havia patenteado o nome "pingue--pongue" e o grupo teve de recuar e pensar em outro nome para sua associação. Optou por "tênis de mesa". A partir daí, os rapazes definiram os critérios do jogo e estabeleceram os fundamentos das atuais regras internacionais. A oficialização do nome "tênis de mesa" veio em 1926, ao ser fundada a Federação Internacional de Tênis de Mesa (ITTF), que hoje conta com 186 países associados e milhares de jogadores filiados. Na China existem mais de dez milhões de mesatenistas registrados.

O tênis de mesa só entrou para o programa olímpico em 1988, nos Jogos de Seul. Por que terá demorado tanto tempo? Porque por muitos anos o jogo foi visto mais como passatempo do que como esporte.

Até 2012 a China conquistou 20 dos 24 ouros disputados em todas as Olimpíadas. Contam que a popularidade do tênis de mesa no país se deve a Mao Tsé-tung, líder da Revolução de 1949, que o massificou por considerar que um esporte praticado em espaços reduzidos era o ideal para um país tão populoso.

No Brasil, o tênis de mesa aportou por volta de 1905, trazido por turistas ingleses. O primeiro campeonato — por equipes — foi realizado em 1912, em São Paulo. No Rio de Janeiro, o tênis de mesa cresceu empurrado por iniciativas particulares, algumas com interesses comerciais. Lá pelo início dos anos 1930 havia uma casa de jogos no bairro do Catete que alugava suas quatro mesas por quinhentos réis a partida de cinquenta pontos.

Em 1932 foi organizado, com grande publicidade, um desafio entre Rio de Janeiro e São Paulo, na capital paulista. Ao desembarcar na Estação da Luz, porém, os cariocas deram de cara com uma revolução (a Revolução Constitucionalista) a pleno vapor. O desafio foi cancelado, mas os mesatenistas não puderam retornar ao Rio. Permaneceram dois meses "presos" na capital paulista, vivendo de favores e promovendo torneios de exibição onde arrecadavam alguns míseros trocados. Se o tênis de mesa já não tinha muito público em tempos de paz, que dirá durante uma guerra!

PENTATLO, UM OURO PARA CINCO ESPORTES

COMO o nome indica, o pentatlo é uma prova que reúne cinco esportes disputados pelos mesmos atletas. Eles começam com esgrima, passam para a natação, vão para o hipismo e terminam no chamado combinado de tiro e corrida.

Houve um tempo — até os Jogos de Moscou (1980) — em que havia moleza: as cinco modalidades eram disputadas em cinco dias (mais tarde reduzidos para quatro). Mas desde os Jogos de Atlanta (1996) a prova é realizada em um único dia e os atletas consomem mais de dez horas — incluindo os intervalos — para cumprir as cinco etapas. Haja fôlego!

O vencedor, porém, tem suas compensações. É sempre exaltado como o mais completo atleta dentre todos os esportes. Na Grécia Antiga o pentatlo era considerado a modalidade mais relevante das Olimpíadas e seus ganhadores, cobertos de glória, tornavam-se celebridades, admirados como semideuses. O filósofo Aristóteles (384 a. C.-322 a. C.), fundador da lógica formal — que rege nosso raciocínio até hoje —, costumava dizer que "os atletas mais perfeitos são os do pentatlo, pois no seu corpo força e velocidade combinam-se em bela harmonia".

Na época, os cinco esportes eram outros — ainda não havia pistolas à venda para as provas de tiro. Disputavam-se salto em distância, corrida, arremesso de disco, salto em altura e pancrácio, uma espécie de luta livre. Ao contrário do que ocorre nos dias atuais, em que todos os atletas competem em todas as provas, na Antiguidade o critério era eliminatório. O último colocado em cada prova despedia-se da competição e os dois finalistas disputavam o título no braço (no pancrácio). O primeiro campeão do pentatlo foi o espartano Lampis nos 18º Jogos da Antiguidade.

Pode-se atribuir à cidade-estado de Esparta a invenção do pentatlo. Não foram os espartanos que selecionaram os cinco esportes, mas foram eles que reivindicaram junto aos cartolas gregos a inclusão nas Olimpíadas de uma prova que pudesse ser útil à formação militar. Povo guerreiro, os espartanos reclamavam que as modalidades esportivas do programa olímpico estavam todas voltadas para a vida civil, para a paz.

Nas Olimpíadas ditas Modernas o pentatlo só apareceu na quinta edição, em Estocolmo (1912), e graças ao empenho pessoal do barão de Coubertin. Nas suas *Memórias olímpicas*, publicadas em 1931, ele revela sua paixão pelo esporte, declarando que "o pentatlo seria uma valiosa contribuição para a paz no mundo ao envolver soldados de diferentes exércitos em uma saudável competição". Na verdade, os militares, desde Esparta, foram os grandes incentivadores da modalidade. Quer uma prova?

Em 1912, quando a modalidade estreou nas Olimpíadas, os três primeiros colocados eram militares suecos e em quinto lugar — uma curiosidade — chegou o tenente George S. Patton, futuro general norte--americano, herói da Segunda Guerra Mundial.

Apesar de ser uma das modalidades mais procuradas pelo público nas Olimpíadas, o pentatlo nunca chegou a ser popular e tem muita gente dentro do Comitê Olímpico Internacional (COI) empenhada em retirá-lo do programa dos Jogos. Talvez só não o façam por medo de que o fantasma do barão venha lhes puxar a perna durante o sono. Assim, o pentatlo vai sobrevivendo enquanto muda de formato.

Até os Jogos de Pequim (2008) os cinco esportes vinham em sequência. Começava com o tiro — pistola de ar comprimido ou dióxido de carbono de 4,5 milímetros de diâmetro. Depois vinha a esgrima, em que todos lutavam contra todos com espadas de 110 centímetros e 770 gramas de peso. Em seguida a natação — 200 metros contra o relógio. A quarta prova era o hipismo, a mais complicada de todas, porque os atletas tinham de dividir sua participação com um equino e cavalgar por cerca de 400 metros enfrentando 12 obstáculos. Se o cavalo ainda fosse conhecido do atleta, como nas provas tradicionais de hipismo... O pentatleta, porém, é apresentado ao desconhecido cavalo pouco antes da prova e tem vinte minutos para se entender com ele. A quinta prova era de atletismo, uma corrida de três mil metros em qualquer tipo de terreno.

Em Londres (2012) o COI resolveu mudar o formato, deixando para o final o combinado de tiro com corrida. Os atletas continuam correndo três quilômetros, mas a cada mil metros param e dão cinco tiros de pistola de ar a dez metros de distância. Em Londres, a pernambucana Yane Marques surpreendeu o país — e o Comitê Olímpico Brasileiro — ao ganhar o bronze no pentatlo feminino. Ela foi a única brasileira a participar da prova — não houve representantes masculinos — e com seu pódio tornou-se a primeira medalhista da modalidade na América Latina, confirmando a tradição que vem de Esparta. Yane é sargento do Exército.

Nas Olimpíadas do Rio, no entanto, ficou na 23ª colocação.

LEVANTAMENTO DE... UFA!... PESO

SABE DESDE quando o homem levanta peso? Desde a época em que não passava de um primata peludo, sem polegar oposto nem linguagem articulada. Desprovidos dos recursos que a civilização lhes foi oferecendo ao longo dos tempos, nossos ancestrais só dispunham das mãos para pegar no pesado. Pois para os atuais pesistas (ou halterofilistas) que hoje disputam as competições esportivas, nada mudou. Eles continuam dependendo dos braços para erguer seus pesos e conquistar seus pódios.

O primeiro esforço organizado (e conhecido) para levantar peso, muito peso, vem da construção das pirâmides do Egito, há mais de dois mil anos antes de Cristo. Só na pirâmide de Quéops — a mais famosa — foram utilizados cerca de dois milhões de blocos de pedra, carregados em cestos (os blocos mais leves) puxados por cordas, rolando em cima de pranchas que deslizavam sobre troncos de madeira cilíndricos. Não por outra razão os trabalhadores eram trocados a cada três meses. Na

China, durante a dinastia Chow (1100 a. C.), só entrava para o exército quem fosse aprovado nos testes de levantamento de peso.

O primeiro campeonato mundial foi realizado em 1891, na Inglaterra, em duas categorias: levantamento com uma e com duas mãos. Antes de chegar ao esporte, porém, o halterofilismo permaneceu um bom tempo se exibindo em feiras e circos. Os fortões que erguiam as barras de ferro — com bolas coloridas nas extremidades — faziam tanto sucesso quanto o mágico ou a mulher barbada.

Aceito como atividade esportiva, o levantamento de peso participou da primeira Olimpíada da Era Moderna, em Atenas (1896). O destaque foi o inglês Lauceston Elliot, que levantou 71 quilos com uma das mãos. O esporte, no entanto, ficou de fora do evento seguinte, em Paris (1900), e só veio a garantir sua presença definitiva a partir dos Jogos de Antuérpia, Bélgica, em 1920.

Desde 1972, nas Olimpíadas de Munique, o levantamento de peso é disputado nas modalidades arranco e arremesso — até 1968, no México, havia uma terceira categoria: desenvolvimento militar. Os atletas são divididos de acordo com sua massa corporal (como no boxe e outras lutas). O vencedor da categoria 105 quilos — categoria máxima — é considerado "o homem mais forte do mundo". O maior fenômeno do esporte, no entanto, continua sendo um baixinho de pouco mais de 1,50 metro e 64 quilos. O turco Naim Suleymanoglu, chamado de "Hércules de bolso", conquistou o ouro na categoria pena em três Olimpíadas seguidas (1988, 1992 e 1996) e era capaz de levantar quase três vezes seu peso corporal.

Quanto às mulheres — tidas como o sexo frágil — somente foram autorizadas a levantar peso (nos esportes) em 1983. Mas só chegaram às Olimpíadas em Sidney (2000), quando o Brasil se fez representar por Maria Elizabete Jorge, uma mineira de Viçosa que ficou em 9º lugar na categoria até 48 quilos. Na época, Maria tinha 43 anos de idade. No masculino a melhor colocação do Brasil vinha dos Jogos de Helsinque no longínquo ano de 1952, com Waldemar Viana da Silveira, que levantou 362 quilos e ficou em 12º lugar. Chegou-se a suspeitar que os brasileiros estivessem perdendo o vigor físico.

Na Rio-2016, no entanto, o paulista Fernando Reis mostrou que ainda temos a força e nos colocou no mapa do esporte ao chegar em 5º lugar na categoria 105 kg, levantando nada mais nada menos do que 435 quilos. Ufa!

As primeiras competições no país surgiram no fim do século XIX, quando um grupo de alemães fundou em São Paulo o Deutscher Athleten Klub, no bairro da Vila Mariana. No Estado Novo o levantamento de peso (ainda chamado de halterofilismo) ganhou visibilidade com o presidente da República Getúlio Vargas, que considerava o esporte uma alavanca para a formação do "novo homem brasileiro". Getúlio com certeza inspirou-se em Adolf Hitler, o ditador alemão que pretendeu utilizar o levantamento de peso como afirmação da superioridade da raça ariana nas Olimpíadas de Berlim (1936). Deu-se mal, porém. A equipe alemã não conquistou um único ouro e frustrou as expectativas do Führer. O que fizeram, então, os nazistas? Forjaram os documentos do austríaco Josef Manger — campeão da categoria "pesados" —, tornando-o cidadão alemão. O atleta não abriu o bico e a farsa só foi descoberta anos mais tarde.

POLO AQUÁTICO, ÁGUA PARA TODO LADO

Em 1876, o clube Accord Swimming, da cidade escocesa de Aberdeen, contratou o gerente de piscinas William Wilson para criar um jogo aquático capaz de divertir os sócios que quisessem algo mais do que nadar monotonamente de um lado para o outro, de uma borda para a outra.

Dizem que William, inspirando-se no futebol, colocou duas balizas dentro d'água e estabeleceu que os jogadores só poderiam executar suas jogadas — dar passes, marcar gols — utilizando os pés. A experiência, está claro, não foi longe. Tendo cerca de 85% do corpo dentro d'água, os atletas sentiam enorme dificuldade em trazer as pernas à superfície e jogar com os pés. William, então — provavelmente para não ser demitido —, alterou sua invenção, permitindo que os jogadores utilizassem as mãos. Vem daí a origem do polo aquático, conhecido mundo afora como *water polo*.

Há relatos, porém, de que o esporte já era conhecido desde o século XVIII, antes, portanto, de William Wilson criar sua versão. Um jogo disputado em lagos e rios — sem correntezas, é óbvio — por equipes de até vinte jogadores que lutavam pela posse de uma bola feita de estômago de porco. Os jogadores atuavam montados em barris (como se fossem cavalos) e usavam uma espécie de marreta para acertar a bola. Algo que lembrava o jogo de polo na grama. O nome do esporte — polo —, no entanto, parece que não vem dessa semelhança. Alguns historiadores afirmam que deriva de *pulu*, nome da borracha importada da Índia pelos ingleses para confeccionar suas primeiras bolas.

O polo aquático foi o primeiro jogo coletivo a fazer parte de uma Olimpíada — Paris, 1900. A Inglaterra, berço do esporte, ficou com o ouro, façanha que se estendeu até os Jogos de Antuérpia (1920). Pouco tempo depois veio o reinado da Hungria, que se tornou hexacampeã olímpica. De Los Angeles (1932) a Montreal (1976) não teve para ninguém, e os húngaros dominaram o esporte mesmo após a Segunda Guerra, quando caíram no colo da União Soviética.

Aliás, foi graças a um jogador húngaro, Aladar Szabo, e ao técnico italiano Paolo Costoli, que o esporte evoluiu — um pouquinho — no Brasil. Szabo foi trazido para o Rio de Janeiro no fim dos anos 1950 por João Havelange, ex-presidente da CBD (depois CBF) e da Fifa, na época jogador do Fluminense e da seleção brasileira de polo aquático.

A presença de Szabo me levou, na adolescência, a assistir pela primeira vez a uma partida de polo aquático. Lembro do alvoroço que causou no Fluminense — clube que eu frequentava diariamente — a chegada de um jogador campeão olímpico, que fugira de seu país na invasão soviética de 1956. Creio que nunca uma partida atraiu tanto público, ávido por saber como um "comunista" jogava polo aquático. Szabo era uma impressionante massa de músculos, um verdadeiro "armário", que desequilibrava as partidas. Nadava com a agilidade de um peixe-espada e arremessava as bolas com as mãos com uma força que muito jogador de futebol não tinha nos pés. Fez história na sua passagem pelo Fluminense e depois pelo Botafogo.

Como uma andorinha só não faz verão, a presença de Szabo não foi suficiente para dar qualidade ao nosso polo aquático, que estreou sem brilho nos Jogos de Antuérpia (1920), participou de outras Olimpíadas e só chamou a atenção nos Jogos de Los Angeles (1932), quando foi desclassificado por agressão de alguns jogadores ao técnico da Hungria. Penalizado pelo Comitê Olímpico Internacional (COI), o Brasil permaneceu por longo tempo suspenso das competições internacionais.

A conclusão a que se chega – pelo pobre retrospecto – é a de que o Brasil não leva muito jeito para fazer gols dentro d'água (e com as mãos), apesar de praticar o esporte desde o início do século XX. Nas Olimpíadas do Rio as equipes masculina e feminina chegaram em 8º lugar, mas as meninas não venceram um único jogo.

Sabe-se que nos seus primórdios o polo aquático era praticado em águas abertas, nas praias cariocas e nos rios da capital paulista. Não terá sido coincidência que os primeiros clubes paulistanos a formarem equipes de polo aquático estivessem às margens dos rios Tietê e Pinheiros.

A primeira partida de que se tem notícia ocorreu em 1908, entre o Natação Regatas e o Flamengo, na antiga praia de Santa Luzia, no centro da cidade do Rio de Janeiro. Hoje são sete jogadores "em campo" (contando com o goleiro), obrigados a atuar com toucas de cores diferentes, uma cor para cada time. Mas na partida de 1908, que inaugurou o polo aquático no Brasil, eram 11 atletas por equipe... jogando sem toucas! É surpreendente que o polo aquático tenha sobrevivido a tamanha confusão.

Vale registrar que a estreia do esporte nas Olimpíadas (1900) contou apenas com equipes masculinas. As moças tiveram de ralar muito para entrar no programa olímpico, o que só aconteceu em Sidney, 2000. Ou seja, demoraram cem anos para conseguir cair n'água e dar uma bolada no preconceito.

TIRO E QUEDA

O BRASIL não voltou de mãos abanando de sua primeira participação em Jogos Olímpicos, na cidade belga de Antuérpia, em 1920. Trouxe para casa três medalhas e — acredite — todas no tiro esportivo. Conquistou bronze na prova por equipe, prata com o desembargador Afrânio Costa (pistola livre) e ouro — a primeira do país — com o tenente do Exército Guilherme Paraense, na prova de tiro rápido. Nada mal para uma modesta delegação de 21 atletas — todos homens — que competiram em cinco diferentes modalidades.

Dizem, porém (as más línguas, com certeza), que o desempenho dos nossos atiradores deveu-se a fatores "extracampo". A caminho de Antuérpia eles tiveram seus equipamentos roubados em uma escala do trem, em Bruxelas. Desarmados, acabaram participando das competições com pistolas e carabinas emprestadas pelos norte-americanos, de qualidade bem superior às levadas pelos ladrões. Jamais se saberá se nossos atiradores ganhariam as três medalhas caso tivessem usado as próprias armas. Mas o fato é que daí para a frente nosso tiro andou saindo pela culatra durante 96 anos! Enfim, na Rio-2016, o sargento do Exército Felipe Wu, 24 anos, caprichou na pontaria e nosso tiro retornou ao pódio levando a medalha de prata na pistola de ar – 10 metros. Foi a primeira das 19 medalhas que o Brasil viria a conquistar nas Olimpíadas.

O tiro vem de longe, do século XII, quando apareceram no Ocidente as primeiras armas de fogo carregadas com pólvora (invenção dos chineses, no século IX). O primeiro registro de uma competição oficial data de 1477, na Baviera, Alemanha. O tiro faz parte do programa olímpico desde a retomada dos Jogos em 1896, ainda que o número de provas venha variando a cada Olimpíada. Atualmente são nove, mas já foram 21 em 1920 e duas em 1932 (Los Angeles). Em quatro eventos — entre 1908 e 1920 — disputou-se a prova de "tiro ao veado". Não pensem, contudo, que os veados também participavam das Olimpíadas (como os cavalos do hipismo): eram apenas silhuetas do bicho em movimento.

Acrescente-se que lá pelo século XVII, quando o tiro esportivo tornou-se popular na Europa, atirava-se em qualquer coisa que se movesse: veados, pombos e javalis de verdade. Mais adiante os animais foram substituídos por alvos artificiais e por pratos, que, diga-se de passagem, em nada se parecem com aqueles servidos hoje nos restaurantes a quilo. São pratos pequenos com 11 centímetros de diâmetro (feitos de betume e calcário), que bem poderiam se passar por pires!

Uma das mais antigas competições de tiro aos pratos atende pelo estranho nome de fossa olímpica. Juro que ao ouvi-lo pela primeira vez imaginei o competidor dentro de uma cova, atirando nos pratos que voavam sobre sua cabeça. Meu tio Aécio, major da equipe de tiro do Exército, foi quem me esclareceu que dentro da fossa ficava a engenhoca que lançava os pratos no ar.

Tio Aécio competiu até os 60 anos de idade e ninguém o considerava velho para a prática do esporte. Enquanto na ginástica olímpica 20 anos já é idade de veterana ou no tênis aos 30 anos as pernas começam a faltar, no tiro chega-se aos 50 em plena forma. O sueco Alfred Swan tinha 72 anos de idade nas Olimpíadas de Antuérpia. E aí, coroa, vai nessa?

Por influência do tio, na adolescência pensei em me dedicar ao tiro. Resolvi testar a pontaria em uma dessas barracas de parque de diversões. Peguei a espingarda de ar comprimido, mirei em um dos patinhos (alvo móvel) e... acertei a orelha do barraqueiro. No Velho Oeste eu não passaria do primeiro duelo.

OS ORNAMENTOS DOS SALTOS

AO CONTRÁRIO dos outros saltos — triplo, distância, altura, com vara, sobre o cavalo... —, praticados em terra firme, os saltos ornamentais são disputados na água. O atleta projeta-se no ar de um trampolim ou plataforma e conduz seu corpo a uma queda controlada na piscina, executando movimentos estéticos que exigem técnica, flexibilidade, orientação espacial, consciência corporal e, sobretudo, coordenação neuromuscular. E você pensava que era só chegar lá e pular, não?

Conta a História que os gregos da Antiguidade — sempre eles — foram os primeiros a saltar na água, pulando dos rochedos das cidades litorâneas por puro divertimento. Na Modernidade não se tem notícia desses saltos até meados do século XVII, quando suecos e alemães foram vistos praticando-os como treinos de ginástica e preparação militar. A primeira competição documentada ocorreu em 1871, em torneio em que os atletas pulavam da ponte de Londres. No entanto, somente no início do século XX foram estabelecidas as regras internacionais para o exercício desse esporte cheio de sutilezas.

Nas Olimpíadas os saltos ornamentais estrearam em St. Louis, EUA (1904). Uma estreia no mínimo desastrosa. A prova combinava salto com natação: os atletas saltavam e não subiam à superfície, apostando uma corrida debaixo d'água. Como ainda não haviam inventado telões nem câmeras submersas, o público nas arquibancadas não conseguia ver o desenvolvimento da prova, que acabou cortada das demais edições do evento.

Em 1908, nos Jogos de Londres, a Federação Internacional de Natação (Fina), recém-fundada, eliminou a natação da tal prova combinada e manteve apenas os saltos do trampolim e da plataforma, tornando-os ornamentais. Desnecessário dizer que as mulheres ficaram espiando as competições de fora da piscina. Em 1912, nos Jogos de Estocolmo, elas conseguiram chegar à plataforma, mas ainda tiveram de esperar oito anos para saltar do trampolim, nos Jogos de Antuérpia (1920). Em Sidney (2000), surgiram as provas sincronizadas, dois atletas saltando juntos.

Como qualquer aficionado do esporte sabe, as provas olímpicas são disputadas em plataformas de dez metros e trampolins de três. São seis os grupos de saltos: frente, trás, pontapé à lua, revirado, parafuso e equilíbrio, e não esperem que eu vá explicar cada um deles. Mais importante é conhecer o que os juízes levam em conta em um salto: as passadas no equipamento, a evolução para a extremidade da plataforma/trampolim, a precisão do salto e a entrada na piscina (quanto menos água espalhar, melhor).

Para mim, mais difícil do que saltar é julgar um salto, avaliação complexa que exige vários árbitros (nas Olimpíadas são sete). Resumindo: logo após o salto, os juízes exibem suas notas, que — como nos meus tempos de colégio — vão de zero a dez, sendo zero um completo fracasso e dez muito bom. As notas mais alta e mais baixa são eliminadas. Depois o resultado é somado e multiplicado pelo grau de dificuldade do salto, definido por cada atleta antes da competição. Para "facilitar" as contas, o grau de dificuldade varia de 1,2 a 3,8. Obs.: não é preciso extrair raiz quadrada.

O que dizer dos saltos brasileiros nas Olimpíadas? O país já participou de onze edições — desde 1920 — e sua melhor colocação foi um sexto lugar no trampolim nos Jogos de Helsinque (1952), com Milton Busin. A China tem dominado a modalidade e na Rio-2016 conquistou sete das oito medalhas de ouro em disputa, enquanto os Estados Unidos vão popularizando o salto ornamental para cachorros. Sim, cachorros! Não faz muito tempo foi realizada uma competição em Gray Summit, no Missouri, vencida por Jordan, um cão labrador. Não se sabe se ele saltou do trampolim, da plataforma ou foi jogado pelo dono dentro d'água.

TRIATLO, RESISTIR É PRECISO

O TEXTO poderia começar com a clássica frase: "Corria o ano de 1974...", mas como se trata de triatlo — modalidade que envolve três esportes — melhor iniciá-lo assim:

Corria, nadava e pedalava o ano de 1974... e os rapazes de um clube de atletismo de San Diego — o San Diego Track Club — estavam entrando em férias. Para que não perdessem a forma durante a folga, o treinador — cujo nome a História não registrou — prescreveu um plano de treinamento com exercícios de natação e ciclismo.

Na volta das férias o treinador reuniu os atletas e os submeteu a um teste para saber se haviam cumprido o programa de treinos. O teste consistia em nadar quinhentos metros (na piscina do clube) e pedalar 12 quilômetros em um condomínio fechado nas redondezas. A isso o treinador acrescentou uma corrida de cinco quilômetros na pista de atletismo. O teste foi um sucesso e os atletas curtiram tanto que pediram ao treinador que repetisse a dose no ano seguinte.

No ano seguinte, para animar a "brincadeira", os atletas do clube convidaram os sarados salva-vidas de San Diego para um desafio. A competição contou com a presença de 55 participantes e os atletas deram um "banho" nos salva-vidas, que, inconformados, propuseram modificações na tríplice prova, puxando, é claro, a brasa para sua sardinha. Sugeriram realizar a natação em mar aberto, aumentando a distância para cerca de 700 metros. O ciclismo passou de 12 para 15 quilômetros e a corrida ficou com 4,5 quilômetros, mas no estilo *cross country*. Mesmo assim, os salva-vidas "se afogaram".

O número de participantes foi aumentando a cada ano, a competição tornou-se popular na cidade, ganhou prestígio internacional e passou por várias mudanças até chegar ao formato atual. Em 1984, já com regras estabelecidas, o triatlo apareceu nas Olimpíadas de Los Angeles como esporte de exibição. Teve de aguardar, porém, 16 anos para entrar oficialmente no programa olímpico dos Jogos de Sidney (2000).

Nas competições oficiais — Olimpíadas e Campeonato Mundial — os atletas, tanto homens como mulheres, nadam 1,5 quilômetro, pedalam 40 quilômetros e correm 10 quilômetros em sequência, nessa ordem, sem parar o cronômetro. Quando, porém, um esboço de triatlo deu o ar da graça nos Jogos Olímpicos de St. Louis, EUA (1904), as três modalidades eram salto em distância, tiro ao alvo e corrida de 100 metros rasos. Há registros de que em 1921 um clube de natação de Marselha, França, criou um evento denominado "Course des Trois Sports" (Prova dos Três Esportes), com características semelhantes às do triatlo moderno. Começava com 7 quilômetros de ciclismo, 5 quilômetros de corrida e finalizava com 200 metros de natação. Só que os atletas tinham de nadar de costas e a cada 25 metros eram obrigados a sair da piscina.

A primeira prova de triatlo no Brasil ocorreu em 1982, com as distâncias mais curtas e as modalidades fora da ordem olímpica. A prova começava com natação (950 metros), daí para a corrida, de 7,5 quilômetros, deixando os 15 quilômetros de ciclismo para o final. Em 1983 o Rio realizou um triatlo na ordem correta: mil metros de natação, 43 quilômetros de ciclismo e 11 quilômetros de corrida. O Brasil ainda não chegou ao pódio olímpico da modalidade. Mas vai chegar, sabe-se lá quando. Na Rio–2016, Diogo Sclebin foi 41º e no feminino Pâmella Oliveira entrou em 40º lugar.

O triatlo não precisou de muito tempo para "dar filhotes". Um deles é o triatlo *off road* (ou triatlo de aventura), que consiste de natação, ciclismo de montanha e corrida em trilhas. No entanto, seu "filho" que mais prosperou e ganhou o mundo foi o *ironman*, criado em uma mesa de bar em Honolulu por John Collins, um oficial da Marinha norte--americana. Considerando que a resistência do homem poderia ir além do triatlo tradicional, propôs um triatlo que fosse mais longe. Na natação, travessia da baía de Kailua — 3,9 quilômetros (com águas infestadas de tubarões); no ciclismo, a volta da ilha de O'ahu (179 quilômetros) e terminando com a maratona de Honolulu (42,195 quilômetros), tudo em sequência.

Em fevereiro de 1978 foi realizado o 1º Ironman do Havaí, com a presença de 15 atletas (chegaram 11). Venceu a prova um motorista de táxi, Gordon Haller, com o tempo de 11 horas, 48 minutos e 58 segundos. Ao longo dos anos a prova continuou a ser disputada e hoje cerca de três mil atletas desembarcam em outubro no Havaí, berço da modalidade, para participar do desafio.

O homem, porém, não parou no Ironman. Na busca de conhecer seus limites avançou para o Ultraman, nome extraído de uma série de televisão japonesa dos anos 1960. O Ultraman, uma espécie de "neto" do triatlo, é disputado em três dias, pois ninguém é de ferro. São 10 quilômetros de natação e 145 quilômetros de ciclismo no 1º dia; 276 quilômetros de ciclismo no 2º dia; e 84,4 quilômetros de corrida — o dobro da maratona — no 3º dia. Para quem não acredita na resistência e determinação do brasileiro, o curitibano Alexandre Ribeiro é hexacampeão do Ultraman do Havaí.

VELA, O ESPORTE QUE VEIO DOS MARES

A TÉ HOJE se discute se a descoberta do Brasil foi casual ou intencional. Seja lá como foi, para atravessar o Atlântico, os 13 navios da esquadra de Cabral precisaram do astrolábio, do sextante (invenções gregas) e da bússola (invenção chinesa). Nenhum desses instrumentos de navegação, porém, teria utilidade na época se antes não tivesse sido inventada a vela. Foi a vela, impulsionada pelos ventos, que permitiu às embarcações singrar mares e oceanos.

Sem a vela, que estreitou o comércio internacional e proporcionou viagens de exploração (sem falar nas guerras), a história da civilização certamente teria tomado outro rumo. Sua importância começou a declinar com o surgimento do motor a vapor. Em 1803, o americano Robert Fulton botou nas águas do rio Hudson o barco "Clermont" — projetado por ele —, realizando o sonho de movimentar as embarcações sem depender do sopro dos ventos. A vela ainda resistiu até o fim do século XIX, quando sucumbiu ao progresso e, para sobreviver, dedicou-se ao lazer e ao esporte.

Não há registros da época em que a vela chegou aos barcos. Há uma lenda contando que um pré-histórico, ao voltar da caçada, dentro de uma canoa, estendeu por acaso um pedaço de pele animal contra o vento e percebeu que sua embarcação ganhou velocidade. As primeiras embarcações a vela foram vistas na antiguidade grega circulando pelo mar Mediterrâneo. Atribui-se aos genoveses a invenção da vela latina (triangular), no fim da Idade Média.

Como modalidade esportiva, a vela surgiu muito antes do fim do século XIX. Há informações oficiais assinalando que o rei Carlos II da Inglaterra, ao ser coroado, em 1660, estava exilado na Holanda e retornou ao seu país em um barco cedido pelo príncipe de Orange. O rei curtiu tanto a viagem que mandou fazer um barco igualzinho para navegar pelo rio Tâmisa. Mais adiante, ele desafiou seu irmão, o duque de York, para uma regata, marcando o início da vela como esporte.

A vela esteve presente na primeira edição das Olimpíadas em Atenas (1896). Quer dizer, esteve presente e ausente, porque suas provas foram canceladas em razão das condições meteorológicas e o público ficou "a ver navios". Estreou nos Jogos de Paris (1900) com três classes (ou categorias) em disputa. Hoje, a Federação Internacional de Vela reconhece 110 classes, mas só inscreve nove nas Olimpíadas, e as embarcações têm características idênticas para que todos os velejadores participem das provas em igualdade de condições.

Não vou descrever aqui todas as classes de barcos, ou isso daria um livro. Esclareço, contudo, que para cada classe existe um biotipo ideal. Quanto maior a vela, mais pesado deve ser o velejador, para fazer o contrapeso. Uma dúvida me perseguiu durante anos quanto ao nome do esporte: vela ou iatismo? As pesquisas me levaram a descobrir — não sem algum esforço — que atualmente o esporte atende pelo nome de "vela". A palavra "iatismo" — que deriva do holandês *jagth* (iate) e significa embarcação leve e veloz — foi eliminada dos verbetes do Comitê Olímpico Internacional (COI) nos Jogos de Sidney (2000). Por quê?, perguntará um leitor mais curioso. Para acabar com a ideia de que se trata de um esporte elitista, só para ricos.

O berço do nosso iatismo como esporte organizado foi o Yatch Club Brasileiro, fundado em 1906, próximo à praia de Botafogo, no Rio de Janeiro (quatro anos depois se mudou para a praia de Gragoatá, em Niterói). A vela é um dos esportes que trouxe mais medalhas para o Brasil. Estamos entre os 10 países com mais pódio nas Olimpíadas e na Rio-2016 acrescentamos mais uma medalha à nossa coleção. Martine Grael e Kahena Kunzer ganharam ouro na classe 49er FX depois de uma disputa feroz com o barco das neozelandesas.

O que explica tal desempenho? Alguns dizem que se deve ao tamanho do nosso litoral. Como não conheço nenhum velejador nordestino de destaque, prefiro acreditar que se trata da paixão dos europeus pelo mar. Quem passar os olhos pelos nossos velejadores — do presente e do passado — vai se surpreender com a quantidade de sobrenomes estrangeiros: Conrad, Grael, Ficker, Welter, Bjorsktrom, Thiesen, Kostiw, Scheidt e por aí vai...

MARATONA, A PROVA MAIOR

NÃO FOSSE uma guerra e os maratonistas de ontem e de hoje teriam de guardar seu fôlego para outro esporte, talvez outra atividade...

Conta a História que durante a Primeira Guerra Médica (490 a. C.) os persas juraram que, depois da vitória sobre os gregos, invadiriam Atenas, violariam as mulheres e sacrificariam as crianças. Ameaçados nos campos de batalha, os atenienses ordenaram a suas mulheres que matassem os filhos e se suicidassem caso não recebessem em 24 horas a notícia da derrota dos persas.

Os persas do rei Dario foram derrotados, mas para vencê-los os atenienses precisaram de mais do que 24 horas, ou seja, a guerra durou mais tempo do que o esperado. Para evitar que as mulheres de Atenas cumprissem o combinado, o general Milcíades se apressou em enviar o soldado Fidípides à cidade. O registro que ficou para a História conta que Fidípides partiu em desabalada carreira, entrou na cidade, gemeu "Vencemos!" e caiu duro pelo esforço despendido ao longo dos

42 quilômetros desde as planícies de Maratona, palco da batalha final. Dessa corrida nasceu a modalidade mais nobre do atletismo.

A prova foi criada na retomada das Olimpíadas, em Atenas (1896), ganhou o nome de maratona — por razões óbvias — e teve como vencedor o grego Spiridon Louis. Nas Olimpíadas seguintes a distância variou e somente em 1948, nos Jogos de Londres, a prova se fixou em 42,195 quilômetros, distância que permanece até nossos dias. O que pouca gente sabe é que esses 195 metros a mais foram incluídos no percurso para que a família real inglesa pudesse assistir a saída da competição do Palácio de Windsor. Os Jogos de 1948 foram os primeiros depois da interrupção provocada pela Segunda Guerra Mundial. A escolha da cidade como sede pretendeu mostrar ao mundo a recuperação da Inglaterra, bombardeada pelos alemães. Nesse sentido, tudo foi feito para agradar aos britânicos. Até aumentar a distância da maratona!

Spiridon Louis era um agricultor, baixinho, que aos 25 anos conquistou a única vitória para a Grécia, justamente na última prova dos Jogos de Atenas. Eufóricos, os gregos cobriram Spiridon de prêmios. Ganhou um terreno nos arredores da capital, 365 dias de refeições gratuitas em um restaurante de luxo e, entre outras premiações, o direito de ter os sapatos engraxados para o resto da vida. Spiridon fez os 42 quilômetros em 2h58min50s, quase uma hora a mais do que a atual marca mundial assinalada em setembro de 2013 pelo queniano Wilson Kipsang, na maratona de Berlim (2h03min23s).

Kipsang superou a marca de 2011 de outro queniano, Patrick Makau, estabelecida também na maratona de Berlim. Por coincidência, foi em 1998, em Berlim, que o brasileiro Ronaldo da Costa bateu o recorde mundial — que já durava dez anos — com o tempo de 2h06min05s. Será que a maratona de Berlim tem 195 metros a menos do que as outras? O recorde olímpico pertence a Samuel Wansiru (de onde? Quênia!), que correu a prova em 2h06min32s nos Jogos de Pequim (2008). Fico pensando se os maratonistas do Quênia não deveriam dar vantagem aos adversários para a prova não perder a graça.

O Brasil esteve muito perto de vencer uma maratona olímpica com Vanderlei Cordeiro de Lima, nos Jogos de Atenas de 2004. Vocês se lembram, é claro. Quem não esteve na Grécia, viu pela televisão quando um ex-padre irlandês — Cornelius Horan — invadiu a pista e agarrou o brasileiro (por razões nunca esclarecidas), que vinha liderando a prova, a sete quilômetros do final. Vanderlei ergueu-se, retomou a corrida e chegou em terceiro lugar (bronze). Mas foi como se tivesse ganhado a prova. Nem o vencedor nem o segundo colocado, juntos, receberam tantos aplausos quanto o ex-boia-fria paranaense ao adentrar o estádio Panathinaikos.

Nunca a frase do barão de Coubertin — "o importante é competir" — foi tão bem representada.

A INVENÇÃO DO FUTEBOL

Consta nos registros oficiais que o pontapé inicial na história do futebol ocorreu na Freemason's, uma taberna londrina — queria local mais adequado? —, onde os primeiros cartolas se reuniram para discutir e aprovar as regras do jogo, até então praticado sem o menor critério nos clubes e escolas da Inglaterra. Basta dizer que os times utilizavam de 8 a 17 jogadores, dependendo das dimensões do campo, que poderia ter qualquer tamanho.

A primeira reunião deu-se no dia 26 de outubro de 1863, mas os cartolas só chegaram a um consenso em 8 de dezembro, depois de intermináveis desentendimentos que quase riscaram o futebol do mapa (imagina o mundo sem futebol!). Foram criadas 13 regrinhas, entre elas — pasmem! — a de que a bola teria de ser redonda. Você perguntará: havia bola quadrada na Inglaterra do século XIX? Acontece que a Rugby School disputava com Cambridge o controle das reuniões e queria impor sua bola oval. Chegou-se a pensar em disputar meio tempo com cada bola. Outra regra fixava em 11 o número de jogadores. Acredita-se que a opção pelos "onze" veio do fato de Cambridge ter dez alunos por turma, mais um bedel (que na certa jogava de goleiro).

As novas regras uniformizaram o tamanho do campo e das balizas. Ficou estabelecido que a distância entre uma trave e outra seria de oito jardas, que, ao câmbio do sistema métrico, dá 7,32 metros, número quebrado que sempre encucou o desavisado torcedor brasileiro. Talvez para dar uma colher de chá ao pessoal do Rúgbi, as balizas não tinham o travessão superior, regra que muitos atacantes gostariam que fosse mantida. O cara chutava a bola nas nuvens, mas desde que fosse entre os paus podia correr para o abraço. Outra regra informava que nenhum jogador usaria pregos ou objetos cortantes em suas botinas (a chuteira não fora inventada). Ao longo do tempo, percebe-se, essas regras foram sendo modificadas. Ainda bem, porque a regra nº 9 especificava que nenhum jogador poderia correr com a bola nos pés.

Apesar da invenção do esporte ser atribuída aos ingleses do século XIX, achados arqueológicos confirmam que desde a Pré-história já se praticava um tipo de futebol rudimentar. O homem sempre se sentiu atraído por objetos esféricos — daí o interesse por seios de silicone — e se divertia nas cavernas chutando pedras, crânios e frutas (a expressão "enfiar o pé na jaca" deve vir desses tempos). Alguns historiadores afirmam que um jogo de bola — feita de bexiga de boi — praticado com os pés já era conhecido há mais de trinta séculos no Egito e na Babilônia. Para os egípcios a bola simbolizava o Sol; para os babilônios, a Lua. Em ambos os casos a prática tinha um caráter religioso e chutar a bola, mais do que um jogo, era uma forma de afastar os maus espíritos. Dizem que a expressão "lavar a alma" vem desse confronto, considerado o maior clássico da Antiguidade.

SEGUNDO CAPÍTULO

O mais antigo registro sobre um jogo de bola executado com os pés veio da China. O escritor Yang Tsé — que deu nome ao maior rio do país — faz referência em seus textos a um jogo chamado *tsu-chu*, praticado cerca de 26 séculos antes de nossa era. Eram oito jogadores de cada lado chutando uma bola peluda (feita de crina), de 22 centímetros de diâmetro. Detalhe: a bola não podia cair no chão, o que me faz pensar que o *tsu-chu* foi o precursor do nosso futevôlei. Os vencedores eram premiados com lingotes de prata, o primeiro "bicho" de que se tem notícia.

Durante o alvorecer da civilização, a bola continuou rolando pelo mundo, mas como ninguém lhe dava muita atenção — ou os jogos eram disputados com portões fechados — poucas informações chegaram até nossos dias. Sabe-se pelo dramaturgo Antífanes — século IV a. C. — que na Grécia Antiga havia vários jogos de bola no pé, todos eles chamados genericamente de *sphairomakhia* (será o genérico do futebol?). Antífanes anotou também uma série de expressões usadas pelos jogadores durante uma partida: "passa!", "chuta pra frente!", "vai na bola!" e um monte de palavrões que nunca foram traduzidos. Curiosamente, nenhum esporte com bola foi incluído na programação dos Jogos Olímpicos da Grécia Antiga em seus 12 séculos de existência.

Os romanos foram os que mais se aproximaram do futebol como se conhece hoje. Segundo escreveu no século V o poeta (depois bispo, depois santo) Sidônio Apolinário, na Roma Antiga praticava-se um jogo chamado *harpastum*, disputado em um campo retangular com uma linha divisória em que duas equipes lutavam pela bola para levá-la à meta adversária. Atrás ficavam os jogadores mais lentos, de funções defensivas, como nossos atuais zagueiros. Os jogadores mais velozes, que faziam as jogadas de ataque, atuavam em uma zona do campo chamada *area pilae praetervolantis et superiectae*, dando muito trabalho aos locutores da época. Mas eram os jogadores chamados de *medicurrens* que faziam a diferença. Eles atuavam fixos na linha divisória e — acreditem — chutavam para os dois lados. Ou seja, nunca deixavam o campo derrotados.

Foi uma sorte para os amantes do futebol que Roma tenha construído um grande império. Assim, com as invasões romanas no norte da Europa, o *harpastum* pôde se tornar um novo esporte bretão. Nos primeiros séculos da Era Cristã, os exércitos romanos não dispensavam uma "pelada" (ou racha, ou baba para os baianos) no intervalo das batalhas. Dizem que o próprio Júlio César entregava as bolas de bexiga de boi aos povos conquistados da Gália e da Bretanha, fato confirmado em manuscritos de 1175 do monge inglês William Fitzstephen. Com o tempo, os bretões foram ganhando intimidade com a bola e no ano 27 d. C., enfim, conseguiram derrotar os romanos em uma partida de *harpastum*. O placar não ficou para a História, mas alguns estudiosos afirmam que a partir daí começou a queda do Império Romano, que marca o fim das bolas de bexiga de boi e da Antiguidade em geral.

TERCEIRO CAPÍTULO

Graças a um sapateiro da cidade inglesa de Ashbourne, o futebol conheceu a bola de couro. O jogo, marcado como uma festividade para comemorar a inesperada vitória dos bretões sobre os romanos, estendeu-se, como uma tradição, por quase toda a Idade Média, e só foi interrompido quando virou grossa pancadaria.

Adaptado do *harpastum* romano, o tal jogo em Ashbourne passou a ser considerado por alguns pesquisadores como o mais importante precursor do futebol moderno. Tenho minhas dúvidas, porque tanto as dimensões do campo quanto o número de jogadores vão muito além da imaginação de um torcedor contemporâneo. Para se ter uma ideia, o campo ia da porta norte à porta sul de Ashbourne. A cidade não chegava a ser uma megalópole, mas para correr atrás da bola de uma ponta a outra os times entravam em campo com cerca de quinhentos jogadores! Tratava-se de uma festa parecida com a de Pamplona na Espanha. Só que, em vez de fugir do touro, os habitantes de Ashbourne corriam atrás da bola. Não havia juiz que chegasse para tanta gente, o pau comia à vontade e com o tempo o novo esporte bretão foi virando um jogo selvagem e violento.

Vai daí que em 1314 o rei Eduardo II proibiu o futebol em toda a Inglaterra. Seu pai — Eduardo I — já se opusera ao jogo, mas por razões militares. O jogo tornara-se tão popular que o rei temia que na guerra contra os escoceses (1297) seus soldados trocassem as armas pela bola. As restrições ao futebol atravessaram gerações na Inglaterra, passando por Henrique VIII (matar esposas podia!) e Elizabeth I. Em 1583 um escritor inglês, Philip Stubbs, classificou o futebol como um "jogo bárbaro que estimula o ódio, o rancor e a malícia". A propósito, no primeiro ato da peça *Rei Lear*, Shakespeare faz uma referência ao jogador de futebol qualificando-o — pelo personagem duque de Kent — como um ser desprezível, ideia que ninguém contestava.

Se o futebol parecia ter os dias contados na Inglaterra, na Itália ele era entusiasticamente apoiado pela nobreza. Lá recebeu o nome de cálcio (do latim *calx, calcis*: pé, pata) e teve suas primeiras regras fixadas em 1580 por Giovanni Bardi, tornando-se o único futebol realmente organizado na Europa da Renascença. Um pequeno detalhe distinguia o cálcio do nosso futebol: cada equipe atuava com 27 jogadores, escalados em diferentes posições. Havia 3 zagueiros recuados, 4 zagueiros avançados, 5 médios e — acreditem - 15 atacantes (chamados de *corridori*). Goleiro não existia. Com essa disposição em campo, é de se estranhar que o futebol italiano seja tão defensivo.

No início do século XIX — após sucessivas transformações — o futebol perdeu a fama de esporte maldito para se estabelecer como uma prática comum nas escolas da Inglaterra. Coube ao educador Thomas Arnold — que enxergou mais longe — recomendar o esporte nos estabelecimentos de ensino, com o objetivo de canalizar para os campos a energia que, de outra forma, os jovens poderiam dirigir para práticas condenáveis. Mais ou menos como estamos tentando fazer hoje aqui no Brasil.

QUARTO CAPÍTULO

Repetindo a Igreja Católica — contestada por Martim Lutero no século XVI —, o futebol também teve seu cisma. O Lutero do futebol foi um jovem de Manchester chamado William Ellis, que em 1823, durante um jogo na Rugby School, desrespeitou a proibição de carregar a bola com as mãos, botou-a debaixo do braço e foi parar dentro do gol adversário. Seu gesto, em vez de provocar protestos, acabou resultando em um novo jeito de jogar que deu origem ao rúgbi e, mais tarde, ao futebol americano.

Para sorte dos brasileiros — e azar dos fabricantes de bolas ovais — a dissidência criada por Ellis não prosperou pelo planeta. Permaneceu circunscrita à sua escola, a única em toda a Inglaterra a permitir que a bola fosse conduzida com as mãos, uma espécie de "patinho feio" entre as praticantes do futebol. Cambridge, que defendia a bola no pé, somente divulgou suas regras dois anos depois da Rugby. Talvez, para não ser acusada de radicalismo, permitiu que pelo menos um jogador agarrasse a bola com as mãos — o goleiro, está claro —, mas só na grande área.

A Inglaterra uniformizou as regras de Cambridge, fundou a Football Association (1863) e o esporte expandiu-se por todo o Império Britânico e adjacências. A Argentina — vejam só! — foi o primeiro país a jogar futebol fora do Reino Unido por volta de 1865, quando um grupo de marinheiros ingleses fundou o Buenos Aires Football Club. Dominando o mundo, navegando pelos sete mares, os ingleses levaram o futebol à Alemanha, Portugal e daí para o resto do planeta.

No Brasil, o futebol desembarcou oficialmente em 1894, embora haja registros de algumas "peladas" pelo país muito antes dessa data. Dizem que em 1873 os padres do Colégio São Luiz, em Itu (SP), organizaram um jogo entre seus alunos. Há registros de que em 1874 marinheiros ingleses disputaram um racha na praia da Glória, no Rio de Janeiro, dando origem — suponho — ao futebol de areia. Em 1878 a tripulação do navio Crimeia bateu uma bolinha em um capinzal próximo à Rua Paissandu, no bairro do Flamengo, no Rio de Janeiro, diante da residência da princesa Isabel, que não assistiu à pelada por estar às voltas com a abolição da escravatura.

Em 1894, por fim, o futebol entrou discretamente no Brasil pelo porto de Santos, trazido pelo brasileiro Charles Miller, que regressava de uma temporada de estudos na cidade inglesa de Southampton. A partir daí, o esporte foi ganhando adeptos no país, dominando corações e mentes até se transformar em paixão nacional.

O que pouca gente sabe é das dificuldades que Miller encontrou para passar com o futebol pela alfândega de São Paulo.

CAPÍTULO FINAL

Os paulistas chegaram à prática do *association* antes dos cariocas. Charles Miller retornou da Inglaterra sete anos antes de Oscar Cox, que também estudou na Europa e introduziu o futebol no Rio de Janeiro. Essa diferença é quase a mesma que separa a descoberta da América, por Colombo, da do Brasil pelo nosso Cabral e talvez explique — por analogia — por que o futebol paulista se considera mais evoluído do que o carioca.

Miller era um paulista do Brás, filho de inglês e brasileira, que foi apresentado ao futebol na Banister Court School, onde estudava, e logo se apaixonou pelo esporte. Chegou a integrar a seleção do condado de Hampshire, jogando como *center-forward*. Não se sabe de nenhum gol que tenha marcado, mas assim como Leônidas da Silva, que inventou a "bicicleta", Charles criou uma jogada — tocar a bola com a face externa do pé — que levou seu nome e ficou conhecida mundo afora. O termo caiu em desuso, mas os que vêm de longe certamente ouviram algum locutor de rádio das antigas anunciar que o jogador "deu de charles".

Para introduzir o futebol no Brasil, Miller trouxe duas bolas de couro na bagagem. Desceu do navio no porto de Santos, encaminhou-se para a alfândega, abriu as malas para a revista de praxe e foi contido pela curiosidade do funcionário ao ver aquelas duas bolas murchas que mais pareciam cascos de tartaruga:

— O que é isso? — perguntou o funcionário.

— Bolas! — respondeu Miller.

O funcionário pegou-as, cheirou-as, examinou-as e quis saber para que serviam as bolas.

— Jogar futebol — disse Miller.

— Futebol? Nunca ouvi falar. Que jogo é esse?

— É um jogo que está fazendo o maior sucesso na Europa. Joga-se com os pés.

— Com os pés? — o funcionário estranhou. — Existe algum esporte que se pode jogar com os pés?

Pediu a Charles para encher uma das bolas, sopesou-a, assustando-se com seu tamanho. O basquete ainda não havia chegado ao Brasil — estava sendo inventado nos Estados Unidos — e a única bola que ele conhecia na prática de esportes era a de tênis.

— Como é que se joga esse negócio? — indagou, intrigado.

— Os jogadores vão chutando a bola, passando de um para o outro até conseguirem fazer um gol.

— O que é um gol?

— É quando a bola ultrapassa a última linha adversária. Mas ela tem de passar entre as traves para ser gol. Se ela bater num adversário e sair pela linha de fundo é escanteio. Tem também o impedimento, que é quando...

— Peraí, peraí! — interrompeu o funcionário, com as mãos na cabeça. — Não estou entendendo nada. Fala mais devagar...

— Quando a bola sai pelo lado do campo diz-se que é lateral — explicou Charles. — O jogador, então, recoloca a bola em jogo com as mãos.

— Você não acabou de dizer que esse tal de futebol é jogado com os pés?

— Mas há exceções. O goleiro pode agarrar a bola com as mãos.

— Por quê? Ele é melhor que os outros?

— Ele é um jogador especial que fica defendendo o gol.

A paciência do funcionário já estava no fim.

— Quer dizer que o tal do futebol é jogado com os pés, mas em alguns casos pode ser jogado com as mãos?

Miller fez um gesto de concordância, o funcionário abanou a cabeça, devolveu a bola e fechou-lhe a mala.

— Pode ir — e resmungou baixinho: — Esse jogo nunca vai dar certo no Brasil!

FUTEBOL OLÍMPICO, PÚBLICO NEM TANTO

ACREDITE se quiser: o futebol já constava do programa olímpico dos primeiros Jogos da Era Moderna em Atenas (1896), mas seu torneio foi cancelado... por falta de participantes! Talvez esteja aí o início da maldição que persegue o esporte em Olimpíadas.

Reapareceu nos Jogos de 1900 e 1904 apenas como esporte de exibição e voltou a constar do evento em 1908 (Londres), mas até hoje não consegue atrair um público maior, proporcionalmente, do que a canoagem ou o tiro ao arco. Que o diga o Comitê Organizador dos Jogos de Londres de 2012, um tanto constrangido pela reduzidíssima procura de ingressos para os torneios masculino e feminino de futebol. A Inglaterra, mais do que qualquer outra sede de Olimpíadas, tem uma boa razão para se envergonhar, afinal foi lá que nasceu o "velho esporte bretão".

Por que tal desinteresse pelo futebol olímpico? Maldição à parte, pode-se atribuir esse desprestígio ao fato de o futebol não ser o rei do pedaço, o dono da bola nas Olimpíadas. Tendo que dividir as atenções com outras 27, 28 modalidades esportivas, ele é tratado como um modesto coadjuvante e nem comparece com as seleções principais. Desde 1992 (Barcelona) o Comitê Olímpico Internacional (COI) estabeleceu para atletas masculinos o limite máximo de 23 anos de idade. A Fifa não gostou, forçou a barra e conseguiu infiltrar três jogadores de qualquer idade (para o futebol olímpico não ficar às moscas).

A queda de braço entre a Fifa e o COI vem de longe. Até os Jogos de 1928 (Amsterdã) o torneio olímpico de futebol era considerado um campeonato mundial. Em 1930, porém, a Fifa resolveu criar sua própria Copa do Mundo (a primeira foi disputada no Uruguai) e deixou o COI chupando o dedo. O COI tratou de ir à forra e determinou que apenas jogadores amadores participariam das Olimpíadas. A Fifa não deixou barato, revidou e, a pretexto de precisar entender melhor o conceito de amadorismo, impediu o futebol de comparecer aos Jogos de 1932 (Los Angeles). Foi a única vez em que o esporte esteve ausente de uma Olimpíada desde 1908.

Ao autorizar somente amadores no seu futebol olímpico, o COI se meteu em uma enrascada. Os países socialistas do Leste Europeu, onde — em tese — não havia jogadores profissionais, continuaram enviando suas seleções principais às Olimpíadas. Por não saber o que fazer ou não querer dar o braço a torcer, o COI manteve o princípio do amadorismo. Resultado: durante 32 anos — de 1952 a 1984 —, em nove edições dos Jogos Olímpicos, os "amadores" dos países socialistas venceram oito torneios de futebol.

Em 1984 o COI se rendeu e fez uma concessão: jogadores que nunca tivessem estado em copas do mundo poderiam participar do torneio olímpico. A imposição perdurou até 1992 (Barcelona), quando passou a vigorar o tal limite de 23 anos de idade. Ou seja, as seleções principais continuam sem disputar o ouro olímpico. Claro que é possível encontrar astros de primeira grandeza nas equipes sub 23, mas pela quantidade de ingressos vendidos em Londres parece que o público não acredita que uma ou duas andorinhas sejam capazes de fazer verão (o europeu, no caso).

Nas Olimpíadas, o futebol paga o preço de sua popularidade planetária. Empanturrado de tantas partidas transmitidas quase todos os dias pelas emissoras de TV mundo afora, é natural que o público procure por outros esportes, em vez de buscar um torneiozinho de segunda linha com a maioria de jogadores desconhecidos.

Nivelando as equipes por baixo, os torneios de futebol nas Olimpíadas apresentam resultados surpreendentes e imprevisíveis. Seleções que são meras figurantes em copas do mundo acabam subindo ao pódio. O Japão ganhou bronze em 1968 (México), e Nigéria e Camarões, ouro em 1996 (Atlanta) e 2000 (Sidney). Em compensação, o Brasil, pentacampeão mundial, só veio a conquistar seu primeiro ouro na Rio-2016. Já não era sem tempo.

LINHA DE CHEGADA

SE VOCÊ, caro leitor, veio até aqui, cruzando a linha de chegada da última página, uma prova final o aguarda para testar a atenção e o interesse que dedicou à leitura dessas crônicas olímpicas. Responda às perguntas a seguir, confira as respostas e veja se alcançou um índice de conhecimentos capaz de levá–lo ao pódio.

Mas, atenção: não escreva no livro. Use uma folha avulsa, papel de pão, guardanapo, qualquer coisa para marcar suas respostas, pois este exemplar ainda vai passar por muitas mãos, como o bastão do revezamento 4 x 100.

1. Como era conhecido o francês considerado o "pai" das Olimpíadas da Era Moderna?

a) Marquês de Constantin

b) Conde de Constantino

c) Barão de Coubertin

d) Barão de Cobertor

2. Ao inventar o jogo de basquete, o professor norte-americano James Naismith utilizou-se de cestas improvisadas. Que cestas eram essas?

a) Cestas de lixo

b) Cestas da colheita de pêssegos

c) Cestas da colheita de milho

d) Cestas de Natal

3. Qual foi o esporte em que o Brasil conquistou sua primeira medalha de ouro olímpica?

a) Tiro

b) Atletismo

c) Bilhar

d) Levantamento de Peso

4. O ciclismo de competição estreou nos Jogos da Grécia em 1896, com uma prova de estrada entre duas cidades. Que cidades eram essas?

a) Atenas – Maratona

b) Atenas – Esparta

c) Atenas – Rio de Janeiro

d) Atenas – Paris

5. Qual esporte — além do nado sincronizado — era praticado na sua origem apenas por mulheres?

a) Futebol

b) Voleibol

c) Handebol

d) Luta livre

6. Qual era o esporte mais popular do país — atraía multidões — na virada do século XIX para o XX, época em que o futebol ainda dava seus primeiros passes?

a) Boxe

b) Atletismo

c) Ciclismo

d) Remo

7. Qual foi o último estilo de natação a entrar para o programa olímpico (nos Jogos de Helsinque, 1952)?

a) Nado de costas

b) Nado de peito

c) Nado borboleta

d) Nado gafanhoto

8. O jogo de tênis desembarcou por aqui por volta de 1888. Quem trouxe o esporte para o Brasil?

a) Os ingleses

b) Os americanos

c) Os japoneses

d) A família Kuerten

9. Qual o único esporte coletivo em que não há contato físico entre os atletas?

a) Handebol

b) Hóquei

c) Polo aquático

d) Voleibol

10. Na trajetória do tiro ao arco, quem é considerado o primeiro arqueiro da História?

a) Hércules

b) Arqueiro Verde

c) Robin Hood

d) Guilherme Tell

11. Como se escreve o preceito latino que serve aos esportes e associa a saúde do corpo à saúde da mente?

a) *Mens sana in corpore sano*

b) *Corpore sano in mens sana*

c) *Corpore e mens sanos*

d) *In corpore sano, mens sana*

12. Em 1932, um desafio entre equipes do Rio de Janeiro e de São Paulo foi cancelado porque os cariocas, ao chegar à capital paulista, deram de cara com uma revolução (a Revolução Constitucionalista). Qual era o esporte do desafio?

a) Futebol

b) Tênis de Mesa

c) Basquete

d) *Badminton*

13. O *tae kwon do* é um esporte que surgiu no Oriente. Em que país?

a) Japão

b) China

c) Coreia

d) Mongólia

14. O boxe participa das Olimpíadas desde 1904. Esteve ausente apenas dos Jogos de 1912, porque a prática desse violento esporte era proibida no país que sediou o evento. Que país é esse?

a) Estados Unidos

b) Canadá

c) Finlândia

d) Suécia

15. A peteca oficial do jogo de *badminton* é feita de 16 penas de uma conhecida ave. Que ave é essa?

a) Ganso

b) Marreco

c) Cisne

d) Pavão

16. Uma única versão do hóquei participa dos Jogos Olímpicos (de verão). Qual?

a) Hóquei sobre o gelo

b) Hóquei sobre a grama

c) Hóquei sobre patins

d) Hóquei sobre a areia

17. Qual é o único animal (irracional) que tem lugar garantido em Olimpíadas?

a) Cavalo

b) Veado

c) Pombo

d) Hipopótamo

18. Qual foi o imperador romano que aboliu os torneios esportivos — nascidos na Grécia Antiga — por considerá-lo uma festa pagã?

a) Nero

b) Calígula

c) Teodósio

d) Berlusconi

19. Qual é o esporte mais assistido no mundo — até pela televisão — depois do futebol?

a) Basquete

b) Atletismo

c) Rúgbi

d) Beisebol

20. Qual foi o primeiro esporte coletivo a fazer parte das Olimpíadas (Paris, 1900)?

a) Polo aquático

b) Rúgbi

c) Futebol

d) Hóquei

Respostas:
1 C; 2 B; 3 A; 4 A; 5 C; 6 D; 7 C; 8 A; 9 D; 10 A; 11 A;
12 B; 13 C; 14 D; 15 A; 16 B; 17 A; 18 C; 19 C; 20 A.

RESULTADOS

SE ACERTOU entre **1** e **5** perguntas, você não leu o livro: viu somente as ilustrações.

SE ACERTOU entre **6** e **10**, você folheou o livro enquanto olhava a telinha do seu celular (ou *smartphone*).

SE ACERTOU entre **11** e **15** perguntas, você se interessou pelas crônicas, mas leu-as com pressa — talvez para se dedicar aos *games* — e acabou traído pela memória.

SE ACERTOU entre **16** e **19**, você foi fundo na leitura, guardou as informações e está apto a um grande desempenho em qualquer torneio sobre a invenção dos esportes.

SE ACERTOU as **20** perguntas, parabéns! A medalha de ouro é sua!

O AUTOR

Carlos Eduardo Novaes é um leonino carioca que já fez de quase tudo nesta vida (haverá outra?). Foi dono de uma dedetizadora, sócio de uma fábrica de picolés e conservador de museu em Salvador, onde também se formou em Direito. De volta ao Rio de Janeiro foi trabalhar em jornal, tornou-se cronista, escreveu a telenovela *Chega mais* para a TV Globo (e não quis repetir a experiência), foi secretário de Cultura na cidade do Rio de Janeiro e carrega na sua bagagem 43 obras publicadas, dos mais diferentes gêneros literários. Pela primeira vez, enfrentou o desafio de produzir um livro inteiramente dedicado aos esportes.

Novaes está ligado aos esportes desde a mais tenra idade, quando adorava brincar com o estojo cheio de medalhas conquistadas por seu pai em natação, atletismo, remo, polo aquático, nas competições da Escola Naval.

Na adolescência começou a praticar esportes e separou uma caixa de sapatos para colocar suas medalhas. Queria repetir as façanhas do pai, mas logo constatou que lhe faltava talento para seguir o ditado "tal pai, tal filho". Devolveu os sapatos à caixa.

Já que não tinha jeito para praticar esportes, resolveu escrever sobre eles. Seu primeiro emprego na imprensa foi como redator na editoria de Esportes do *Jornal do Brasil*. De redator passou a cronista, teve um programa na Rádio Jornal do Brasil, participou de mesas-redondas na TV Educativa, foi comentarista de futebol nos primórdios do canal SporTV e ultimamente escrevia textos sobre esportes olímpicos no *site* da GSN (Global Sports Network), quando surgiu a ideia de pesquisar sobre a origem dos esportes.

Novaes vem dos tempos da máquina de escrever. Antes de ser apresentado a um computador recortava suas crônicas e as guardava... em uma caixa de sapatos.

BIBLIOGRAFIA

Livros

ALMANAQUE dos esportes. 1ª edição. São Paulo: Editora Europa, 2009.

BJARKMAN, Peter C. *The Biographical History of Basketball*. [S.l.]: McGraw-
-Hill, 1999.

COUBERTIN, Pierre de. *Olympism*: Selected Writings. [S.l.]: International
Olympic Committee, 2000.

DUARTE, Orlando. *A história dos esportes*. 5ª edição. São Paulo: Senac Editora, 2004.

GODOY, Laurent. *Os Jogos Olímpicos na Grécia Antiga*. São Paulo: Editora
Nova Alexandria, 1997.

KANO, Jigoro. *Energia mental e física*: escritos do fundador do judô. São
Paulo: Editora Pensamento, 2008.

KIRSCH, August. *Antologia do atletismo*: metodologia para iniciação em
escolas e clubes. São Paulo: Editora Ao Livro Técnico, 1984.

RIBEIRO, Jorge L. *Conhecendo o voleibol*. São Paulo: Editora Sprint, 2004.

TURCO, Benedito. *Fique por dentro*: esportes olímpicos. Rio de Janeiro:
Editora Casa da Palavra, 2006.

Sites (acessados pela última vez em 26 nov. 2013)

http://www.mundoeducacao.com/educacao-fisica/historia-das-olim piadas.htm

http://esporte.hsw.uol.com.br/jogos-olimpicos4.htm

http://pt.fifa.com/

http://www.olympic.org/

http://www.irb.com/

SUGESTÕES DE LEITURA

DUARTE, Marcelo. *O guia dos curiosos:* Jogos Olímpicos. 2ª edição. São Paulo: Editora Panda Books, 2012.

_____. *O guia dos curiosos:* esportes. 3ª edição. São Paulo: Editora Panda Books, 2006.

FREITAS, Armando; BARRETO, Marcelo. *Almanaque Olímpico SporTV.* Rio de Janeiro: Editora Casa da Palavra, 2012.

GUTERMAN, Marcos. *O futebol explica o Brasil:* uma história da maior expressão popular do país. 1ª edição. São Paulo: Editora Contexto, 2009.

PELLEGRINI, Denise; ALVES, Januária C. (coord.). *Esporte, caminho de superação.* 1ª edição. São Paulo: Editora Moderna, 2013.

© CARLOS EDUARDO NOVAES, 2014

COORDENAÇÃO EDITORIAL: Lisabeth Bansi
ASSISTÊNCIA EDITORIAL: Patrícia Capano Sanchez
PREPARAÇÃO DE TEXTO: Ana Catarina Ferreira Nogueira
COORDENAÇÃO DE EDIÇÃO DE ARTE: Camila Fiorenza
DIAGRAMAÇÃO: Cristina Uetake, Elisa Nogueira
ILUSTRAÇÕES: Pablo Mayer
COORDENAÇÃO DE REVISÃO: Elaine C. Del Nero
REVISÃO: Adriana C. Bairrada, Andrea Ortiz, Nair Hitomi Kayo
COORDENAÇÃO DE *BUREAU*: Américo Jesus
PRÉ-IMPRESSÃO: Alexandre Petreca
COORDENAÇÃO DE PRODUÇÃO INDUSTRIAL: Arlete Bacic de Araújo Silva
IMPRESSÃO E ACABAMENTO: Bartira
LOTE: 217090

Dados Internacionais de Catalogação na Publicação (CIP)
(Câmara Brasileira do Livro, SP, Brasil)

Novaes, Carlos Eduardo
A invenção dos esportes : crônicas olímpicas / Carlos Eduardo Novaes. – 1. ed. – São Paulo: Moderna, 2014.
ISBN 978-85-16-09128-6
1. Crônicas - Literatura infantojuvenil. I. Título. II. Título.
13-07197   CDD-028.5

Índice para catálogo sistemático:
1. Crônicas : Literatura juvenil   028.5

REPRODUÇÃO PROIBIDA. ART. 184 DO CÓDIGO PENAL
E LEI Nº 9.610, DE 19 DE FEVEREIRO DE 1998

Todos os direitos reservados.

EDITORA MODERNA LTDA.
Rua Padre Adelino, 758 – Belenzinho
São Paulo – SP – Brasil – CEP 03303-904
Vendas e Atendimento: Tel. (11) 2790-1300
www.modernaliteratura.com.br
2017